ちくま文庫

石狩少女

森田たま

筑摩書房

目次

本書は一九四〇年に実業之日本社により刊行されました。この文庫は東方新書版（一九五六年）を底本とし、新字新かな遣いに変更し、ふりがなを加え、一部形式を整え、適宜実業之日本社版を参照したうえで誤植と考えられる箇所を訂正しました。また『少年小説体系　第24巻　少女小説名作集（二）』（三一書房）収録版も参考にしました。なお一部、今日の人権意識に照らして不適切と考えられる語句や表現がありますが、時代的背景及び作品の文学的価値を鑑み、また著者が故人であることからそのままとしました。

石狩少女

1

豊かにみのれる石狩の野に
雁はるばる沈みてゆけば
羊群声なく牧舎にかえり
手稲《ていね》のいただき黄昏《たそがれ》こめぬ

風が、土が、日光が、果実をそだてるとおなじように、その土地の少女もまた、うるわしい果実の一つとして成長する。北海道の平野に生いたつ石狩少女の頰は、白い花弁に小指で紅をなすりつけた林檎《りんご》のように、ほのぼのと染まっている。

つぶらな瞳は、深い空のかげをうつしたようにあおかった。か細い、林檎の柄にも似たか細い首に、あやうく重たげなお河童《かっぱ》のあたまを支えつつ、少女は暮れてゆく門辺に立って、手稲、藻岩《もいわ》の山々を遠くながめていた。白地に紫の矢がすりをおいた絹もすりんの単衣《ひとえ》の短かい裾《すそ》から、ちいさな素足が二本、餅をのばしたようにすんなりと出ている。

長い薄暮《はくぼ》であった。太陽は疾《と》うに手稲山の左肩へ没し去ったにもかかわらず、夕やけの余映は西の空一面にひろがりひろがって、紅に朱に橙《だいだい》に、やがてうす紫の淡い色から、空の浅黄にとけかけている。海の波のような白い雲がところどころに浮んで、その雲の片側はくらく片側は明るい。藻岩山の肩の上に、キラキラと輝きそめた宵《よい》の明星《みょうじょう》は、刻々その光をましていったが、空にはやはり明色がただようて、いつまで経っても暮れきってしまわなかった。

そこはかとなく、かすかに牧草の匂いがする。町の中に牧草の干してあるところはない筈《はず》だけれど、ひょっと大通りのあたりを牧草のくるまが通り、その匂いが夕風にのってきたのかもしれなかった。それともまた、半町ほどさきの町角にゆったりと根を張った楡《にれ》の大樹の、早くも散りそめた落葉の匂いかもしれなかった。――この国にほんとうの夏という季節はないのである。六月まで袷《あわせ》をきて、七月ようやく単衣となり、八月にはもう颯々《さつさつ》とポプラの梢《こずえ》をわたる風の音が澄んで、葉が黄ばむ。

少女はそういう秋に近いような夏のくれ方、空をわたる鳥影の点々と黒きを見送りつつ、いつまでも門辺《かどべ》に立っている事が好きであった。とりとめて何を思うというのではないが、そうやって長い薄暮の中に立ちつくしていると、いつかちいさな自分の姿も、大きな自然の中へとけこんでゆくような、うっとりとした気持になるのである。

少女はそのひと時、誰とも遊びたくなかったし、誰にもさわられるのがいやであった。東寄りの町はずれに近いこの家の前の往来は、黄昏どきはいつもひっそりと人通りがと絶えて、ひろい道路が一そうしんかんとひろかった。

突然そのひろい道路の暮色の中へ、白絣《しろがすり》を着た人の姿がぽっかりと浮かびあがって、やがてその人影はぶらりぶらりと近づいてきた。

「君……お嬢ちゃん、何を見ているの？」

人影は少女の前まできて、ひたとたちどまり、ふしぎそうに声をかけた。大人びた態度ではあるが、せいぜい中学の上級生かそれともやっと専門学校か、いずれ二十歳にはならぬらしいうら若い青年である。

「どうしてお家へはいらないの？　お母さんに叱《しか》られたの？」

すねているのか、泣いているのかと思ったらしく、近々とさしよってのぞいた顔を、少女はきっと眉をあげて、とがめるように相手を見すえた。瞳ははっきり澄みとおって涙のあともなかった。

「ごめん、ごめん。そう怒らないでね。僕としばらくお話しましょう。……ねえ、お嬢ちゃんは何という名?」

少女はやはりだまったまま、まじまじと相手を見あげた。

「ね、何ていう名前なの? 花子さん? うめ子さん? それともきいちゃんかしら」

少女はやっぱりじっと相手を見あげたまま黙っている。ひょっとこの子は啞《おし》ではないか、——と青年が思ったとたん、少女は不意に身をかがめて、道傍《みちばた》のちいさな木の枝をひろった。そうしてそれを白墨《はくぼく》のように手に持って、地面の上へ大きく何か書いていった。

「……野村悠紀子《ゆきこ》。お嬢ちゃんは野村悠紀子というんですか」

からかっていた足許《あしもと》を不意に掬《すく》われた心の動揺で、青年の言葉は思わずしらずあらたまった。土の上に書かれた文字は、それほど大らかにのびのびとしていた。

「僕、相沢一郎といいます。……悠紀子さんのおとしは?」

少女は再び木の枝をとって、十歳と書き、自分で自分の字の出来栄《できばえ》をしばらく眺めてから、やっと満足そうな笑顔になって起《た》ちあがった。

「僕は十九。……お友だちになりましょうね」

少女ははじめて、こっくりとうなずいた。そうしてこっくりうなずいたと思うと、たちまち身をひるがえして、門の内へ駈《か》けこんでしまったのである。

2

「まったくあの時は、僕も完全にシャッポをぬいだなあ」

相沢一郎は何処《どこ》の家の客間でも迎えられ、何処の母親にも好かれるふしぎな青年であった。もちろんそれには、かつて彼は高等学校の生徒であり、いままた帝大の学生であるという事が、大きな魅力の一つとなっているのはいうまでもないが、母親たちの云《い》い草《ぐさ》は、あの人は若いに似合わぬ子供好きで、真面目な青年だからよいと云うのであった。女なぞはふりむきもせず、さっぱりしていて頼母《たのも》しいと云うのである。

そうかしら、……とひとりひそかに疑問をもつ悠紀子は、十五歳になっていた。あの黄昏の夏のひと時から五年たち、女学校二年生の彼女は、短かくきりさげた前髪もとりあげて、袴《はかま》の裾もやや長めに、少女さびてつくっていた。瞳のあおさはいまなお消えず、不断に新しい驚きをもとめてやまぬ子供らしい憧憬心は、いつもそのはっきりとみひらいた眼にあきらかだったが、世人はもはや彼女をおさない少女としてよりも、一人の娘と見ようとしている。彼女の知識慾《よく》はすこしばかり周囲の少女たちよりすすんでいた。彼女は大人の読むような書物を読みこなす。ただその一事で周囲の者は、彼女をもはや成人した娘のように思いこみ、身体のおさなさは、忘れ去ってしまうのである。

「何しろあの時ばかりは、さすがの僕もぎゃふんとまいったからなあ、……」

何かの用事で、応接間を通りぬけようとした悠紀子を、ちょっととと呼びとめ、相沢一郎は既に幾度となくくり返した「あの時」の話を、又しても事新しく持ち出すのである。一郎の家は東京にあり、長姉が札幌へ嫁いでいる関係から、彼は毎年夏の休みを北海道へ来た。悠紀子のはじめて会った夏が、彼のはじめて来た時であり、その時十二であった悠紀子の姉の美和子は十七になり、美和子の仲よしの佐喜子も十七、佐喜子の姉の愛子は十九である。一郎はそういう少女たちに毎年会い、人知れぬ深山の花をひとり眺めてたのしむように、このおさない蕾《つぼみ》たちの花ひらく時を、ひそかに愉《たの》しみ待つもののようであった。

「この子はいまにきっとすばらしいヴァンプになるぜ、僕が保証するよ」

一郎は、かけよとすすめた椅子に腰をおろさず、卓の一角に立ったまま、用事を待つように待っている悠紀子の姿を、画家が測るように眼を細めて見やりながら云いつづける。

「ヴァンプってなあに?」

と佐喜子がきいた。

「男を悩殺する女のことだよ。つぎからつぎへ男をひきつけておいて、男の方で夢中になってくると、ぷいとつき放してしまうのさ。男の方では冷酷にされればされるほど、よけい追っかけたくなって、おしまいには自殺さわぎなんか起したりするのさ」

「だってこの子はちっとも美人じゃないじゃないの。男の人に好きになられたりするわけがないわ」

「きりょうなんて問題じゃないさ。それに君たち女の方から見ての美人と、男の方から見ての美人では、ちょっとちがうところがあるんだよ、それゃ君たちには云ったってわからないけど、……」

「じゃ、悠紀子は男の人から見た美人なの?」

美和子はすこし声を尖《とが》らせた。この姉妹ははっきり仲がわるかった。

「そうじゃないさ。それはまだこの子が大人になって見なければわからない話だけれど、人をじらす事だけはうまいからねえ。――あの時だってそうだよ。さんざ人をじらしておいて、おや、この子は唖かなと思ったとたんに、意表外の事をやってのけるんだからねえ。おまけに到頭《とうとう》最後まで口をきかずじまいでさ、あっと思うまに、家の中へ駈《か》けこんでしまったじゃないか。普通の子にできる事じゃないよ、どうしたってヴァンプの卵だよ、これぁ、……」

じっと立ってきいている悠紀子の頰は、見る見る赧《あか》らんでくるのであったが、それは皆が考えるような羞恥《しゅうち》の感情ではなくて、抑えがたい憤りのためであった。恥はこの男こそ知るがよい。幼ない日の大切な、宝石のようなおもいでの一つを、俗悪な眼でばかり受取り、俗悪な言葉にのせてみんなの笑いものにする、なんでこのような男が、母のいうような真面目な青年であるものかと、心はふつふつたぎるのである。

卓の上には遊びあきたトランプが散らばり、冷《つ》めたい飲料のコップがならんでいる。悠紀子はその一つをとって、一郎のあたまからざぶりとかけてやったなら、すこしは胸がせいせいするかもしれぬと、じりじりそのコップを見ながら立っていたが、

「するとつまりあれなんでしょう、悠紀子はいけない子だっていう事になるんでしょう」

我が意を得たというような美和子の声に、悠紀子は耐えきれず面をそむけると、バタバタと突然応接間を駈け出し、玄関わきの二畳の小部屋へ駈け入って、襖《ふすま》をぴったりとたてきった。そうしてやっと、吻《ほっ》と息をついたのである。

3

悠紀子は涙もろい少女であったが、そういう時には泣かなかった。

玄関脇の二畳の小部屋。はじめは取次ぎの書生のために設けられた部屋であろう。天井の板には節穴《ふしあな》があり、粗末な、箱のような一室である。一間の低い出窓が西へ向いてひらいている。悠紀子はその下に机をすえ、右手の壁に添うて本箱を二つならべ、わが王城の地とした。窓のそとには大きな楓《かえで》の樹があって、したたる青葉は出窓の障《しよう》子《じ》をうっすらと、うすい緑にそめている。

八月真夏の半ばながら、襖をたてきって暑くもない。

緑の反射で、ちいさな部屋も涼しげであった。さわさわといつもかすかに風が通って、ひるがえる青葉のかげから、浅黄の空が遠くはるかに、ちらちらと見えかくれする。悠紀子は何か心にそまぬ事のある度《たび》、部屋へはいって襖をたてきり、楓の葉越しに遠く空を眺めていると、いつか気持がうるおってきて、不快な事はすっかり忘れてしまうのであった。

悠紀子は空を眺める事が好きであった。それは彼女がもの心つく三つの年から四年越し、札幌近郊の林檎畑で育った頃についた習慣であったかもしれないし、それともやはり先天的に潜んでいた感情であるかも知れない。人間が死んで長く地に埋もれてしまうと考える事は我慢なりがたく、死ねば大空高く身も心もかるがると飛翔して、白雲の中へとけいると思いたかった。

十歳の夏の夕ぐれに、門辺に立っていたおさない自分は、遠く空を見ていたのである。山のかなたになお空があり、そこにも人の生活があるという事は、何か果しない、はるかな想いであった。うっとりと、目覚めながら夢を見ている心地であった。

無遠慮にあの男が、そこへわりこんできたのである。自分はものを云いたくなかったからだまっていた、だが名前を問われて答えぬは失礼とおもい、しかしやっぱりものを云うのはいやだったので、ふとああいう手段を思いついたのである。あれで相手に礼も欠かず、自分の気持もある点までは通ったと安心していたものを、相手がそんな俗悪な感情で見たかと思うと心外だった。——さんざん人をじらしておいて、あっと思った刹那《せつな》にもう身をかわしている、そんな技巧がおさない自分にあってよいかどうか、考えてみてもすぐわかる事ではないか、自分はまだ子供心にも自分の気持を守りたかっただけの事である。しかも相手にも礼を欠くまいと気をつかったのが、そういう結果に受取られたかと思うと、考えても考えてもくやしかった。

「そう、そう、吉田さんに御返事を書くんだったたっけ、……」

いつもの通り、遠い空をしばらく眺めて、ようやく気をしずめ得た悠紀子は、級友の一人にもらった手紙の返事を、今日はどうでも書かねばならぬと思い出した。網走《あばしり》の方から遊学している友だちであったが、その手紙はやはり悠紀子にとり腹立たしい事の一つである。長い巻紙にわざとうす墨の気どった散らし書きで、

おなつかしき悠紀子さま

御無沙汰《ごぶさた》をしてごめん遊せ。お手紙書かなくては書かなくてはと責められなが

ら、どうしてもあなたへあてて書くことができませんでした。

だって私はあなたを裏切ったんですもの。

悠紀子さまとのかたいかたいお約束を、私は到頭《とうとう》やぶってしまいましたの。心弱い私をどうぞどうぞお責め下さいまし。私はもう悠紀子さまに絶交されても仕方がないとあきらめています。でもどうぞ弱い私を捨てないで下さいまし、悠紀子さまに捨てられたら、私は一たいどうすればよいでしょう。

ああ悠紀子さま、おなつかしい悠紀子さま、私の罪をおゆるし下さい。私はあのお方にお手紙を出してしまいましたの。……だってだってあんまりさびしかったんですもの。

ねえ、くる日もくる日もきこえるものは波の音ばかり、飛んでいるのはさびしい鴎《かもめ》ばかり、都会の華やかなあかりなどは、見たくても見る事なぞできません。月のない夜の海辺のくらさ、そのさびしさは悠紀子さまには到底《とうてい》おわかりにならぬ事でしょう。

あのお方はすぐお返事を下さいました。それはそれは優しい慰めの言葉にみちたお手紙でしたのよ。けい子うれしかったわ。お返事書かずにいられなかったわ。

そうして私たちはずっと文通しあい、お互いに孤独の身の上を慰めあっていますの。

あのお方から悠紀子さまにくれぐれもよろしくと云ってきました。ぜひ悠紀子さまにお目にかかりたいと云っています。あのお方のお友だちで、とても悠紀子さまを好きな人があるんですって。

どうぞお怒りにならないで、私をゆるして下さいね。そしてあのお方にも会ってあげて下さいね。

くれぐれもお詫《わ》びを申します。今日はこれにて。お手紙頂戴《ちょうだい》な。

さびしき磯辺にて　　けい子

なつかしき悠紀子さま　まいる

桃色封筒の封をきってその手紙を読んだ最初、悠紀子はかっと熱くなって、手紙をまき返しもせずそのまま屑籠《くずかご》へ投げこんだ。それ程腹がたったのである。

細かくやぶいて捨てようかと考えたが、そのうちに、これはやっぱり後の日の証拠に残しておくべきものかもしれないと気がついた。——些細《ささい》な事にも幾度となくおぼえのない誤解を受けてきた悠紀子は、いつとなくそういう悲しいまわり気をさえ身につけていた。子供らしからぬ思慮分別である。

4

二年生になってまもない春先きの事であった。悠紀子はふと回覧雑誌をこしらえて見ようと思いたち、級の中の二三人に話してみた。悠紀子は十三の高等二年の時、自分一人の手で新聞をつくった経験があり、それは毎週一回ずつ学校へ持っていって、教員室へおいてきた。続きものの小説からお伽噺《とぎばなし》から、先生や生徒の消息欄までみんな一人で、大きな西洋紙を新聞型に切ったものへ、紫インクでこまごまと書いて、カットもさし絵も自分で描いたが、今度はそれを雑誌にして、人手をかりてやってみたいと思ったのである。

「おもしろそうね、あたしも入れてね」

と、仲間はすぐできた。七人あつまったところでおしまいとし、雑誌の名は「七草」とした。桔梗《ききょう》、かるかや、女郎花《おみなえし》、萩《はぎ》、藤袴《ふじばかま》と、それぞれ秋の七草をペンネームにつけて、さし絵の係り、一口噺の係りときめた。作品は級全体から募集する。

「あたし小説の係りになりたいわ。小説の選者にしてね」

と云ったのが吉田けい子であった。背は級で中ぐらい、成績も中ぐらいで、何も眼《め》立《だ》ったものはない子なので悠紀子はちょっと驚いた。この人に小説が書けるのかしらと疑ったが、自分より一つ年長である事に敬意を表して、けい子を小説の選者にした。もっともけい子にでもなって貰《もら》わなくては、誰も小説はいやだと云い、悠紀子がひきうけなくてはならない破目で、悠紀子も小説欄だけは、気がさして困ったのである。

「ね、……大変なことができたわ」

体操の時間、先生がお休みで二年生は裏庭の草むしりをしていた。落葉松《からまつ》の新芽のぷんぷん匂う垣根に添うて、草とりに余念ない悠紀子の傍へ、そっとけい子が寄ってきて云った。

悠紀子は大人っぽく姉さまかぶりにした手拭《てぬぐい》の下から、一文字の眉をあげて「なあに?」とうながすようにけい子を見た。

「あたしのところへお手紙がきたんですの、……それが大へんなの」

けい子はドキドキする乳房をおさえるように、両手を胸の上に組み合せ「ほんとうに大へんなの」と繰り返した。

「何がそう大へんなのよ」

と、悠紀子はすこしじりじりして、怒りっぽい眉をもうよせていた。年はけい子の方が上なのに、態度はいつも悠紀子の方が姉らしいのである。

「だれも見てない？」

けい子は四辺を見まわして、人影のないのを見定めてから、ふところをさぐると白い洋封筒の手紙を出して、悠紀子にわたそうとした。

「……あたしが拝見してもいいの？」

「え、ぜひ読んでいただきたいの。それ男の人の手紙なのよ」

悠紀子はハンケチで拭いてもまだ、黒土と青っぽい草の香の残っている指先きに、その封筒の中味をぬき出そうとして、ふと裏の名前に眼をとめた。

「あら！　これは川原みず枝さんのお手紙じゃない？」

「え、そうなのよ。川原みず枝さんなのよ。でもそのみず枝さんが男の人だったんですの」

それなれば自分にも責任の一半はあるかもしれぬと、悠紀子の胸はぎゅっとひきしまった。

悠紀子は一年ほど前から「少女の国」という雑誌へ作文を投書していたが、時々それが活字になって賞をもらったりした。活字になる時、本人の住所姓名も一しょに印刷されるので、一つの作文がのるとたちまち方々の少女たちから、御交際を願うという手紙がくる。その中に、おなじ北海道でおなじ札幌に生れたけれど、いまは両親の都合で田舎へひっこんでさびしく暮しているというのがあった。輪かくの正しい美しい手跡《しゅせき》で、女の子にしてはすこし見事すぎるようであったが、手紙のかきぶりもしっかりしているので、悠紀子はその少女に返事を出し、二三度文通した。七草という回覧雑誌をこしらえる時にも、今度こんなものをこしらえて見ようと思うから、あなたも何か作品を送って下さい、と云ってやると、先方からは折返し、小説の選者の吉田けい子というお方に紹介して頂けまいかと頼んでよこした。七草へは詩を一篇送ってよこした。その少女の名が川原みず枝というのである。

川原みず枝が男であったときけば、思いあたる節《ふし》はいくらもある。第一名前がうつくし過ぎた。文章がうまかった。字が立派であった。年もどうやら悠紀子たちよりは二つ三つ上のように思われた。

「ねええ。あたしほんとうに困っちゃったわ。どうすればいいかわからないんですもの」

けい子は、むずかしい顔をして手紙によみ入っている悠紀子の肩へ、頰をのせるようにもたれかかって、珍しいおもちゃでものぞくように一しょに手紙を眺めながら云う。その口調はすこしも困っているようではなく、かえって嬉々としてきこえた。

「あたしの事をどんな美人かと思っているらしいのよ。……いやねえ」

悠紀子はけい子の言葉さえ耳に入らず、一そう気むずかしくだまりこんでしまった。こんな男を、知らなかったとは云いながら、軽《かる》る軽《がる》しく友達たちに紹介した己れの到《いた》らなさを悔《く》やむより先きに、手紙の中にしるされた野村悠紀子という字が眼について、不当な侮《あなど》りを受けたようにかっとなったのであった。

「乙組の白井さんにもお手紙をあげたって書いてあるでしょう。あの方も文才があるからきっと交際してらしたのでしょうね」

けい子は自分の欺《あざむ》かれた事に、何の怒りも感じていないようであった。川原みず枝の手紙は、自分がほんとうは男でありながら、女の名前を詐《いつわ》ってけい子を欺いた事を謝し、あなたのほかにも野村悠紀子さん、白井千鶴子さんなどを欺いてすまないとおもう。自分はこんな罪の深い人間だけれども、いつまでも仮面をかぶっている事には耐えられなくなった。この汚れた醜い心を、あなたの天使のようなきよらかな心で洗いきよめて頂きたい。幸いにも自分は今度田舎から札幌へ帰ってきたから、来《きた》る何日の夜の八時、中島公園でお眼にかかりたいとおもう、というような文面である。悠紀子は欺かれたのは自分一人ではないとおもうと、すこしは心が休まるようだが、しかし男だと告白した手紙の中に、自分の名が書かれてあるのは、どぶの匂いのする手で顔をなでられたように、気持がわるかった。

「ね、どうすればいいかしら」

けい子は悠紀子が手紙をよみ終える間もじっと待ってられないように、「お返事あげなくっちゃいけないかしら」

「返事なんか出す必要ないわ」

悠紀子はていねいにレターペーパーをたたんで、手紙を返した。手にもふれたくないと思うものは、殊更《ことさら》らていねいに扱うくせが悠紀子にはあった。それは人に対する場合もおなじ事で、きらいな人ほどていねいに応待する。——

六月の、明るい空の下であった。空のあおさが眼にしみてくるようで、悠紀子はいつもの癖の、おもわず遠く空を見あげた。腹のたつ事も口惜《くや》しい事も、じっと眺めているうちにみんな空がのみこんでくれるような、あたたかな気持がするのである。

「でも、……放っといて何か仕返しでもされたら大へんじゃない？」

けい子は手紙を出したそうであった。

「大丈夫よ。仕返しなんて、こっちが何もわるい事してないのに、……」

悠紀子は遠く眺めていた眼を、おもむろにけい子の方へ返したが、ふと思いついたように明るい声をたてた。

「いい事があるわ。そのお手紙を土屋先生に見ていただくの。……きっとあの先生がいいようにして下さるにちがいないわ」

皮膚のうすい、頬に血ののぼりやすい土屋先生の顔が、ちらと悠紀子の胸をかすめた。何かあたたかな鳥影が、ちらりと映って消えたような感じであった。教頭の土屋壮吉は悠紀子たちの英語を受持っていたが、「坊ちゃん」というあだ名のあるほど子供らしく、生徒のあいだに一ばん人気があったのである。

5

その事件は悠紀子の考えたとおり、土屋壮吉の前へ持ち出されて、先方の指定してきた夜、土屋先生は公園まで出掛けて行ったが、それらしい青年には会わなかった。そうして何事も起らず無事にすんだのだけれど、噂は何処からとなくたっていつのまにか、男から手紙をもらったのは吉田けい子ではなく、野村悠紀子だという事になっていた。その上更《さら》に、悠紀子がその男と夜の植物園の芝生で会っているところを、土屋先生に見つけられ、懇々説諭《こんこんせつゆ》を加えられたという事にまでなったのである。

それはみんな自分の軽率のせいであり、自分の不運なのだと、悠紀子は子供らしくもないあきらめから、ひと言の弁解もさしはさまず、じっと噂の前にこらえていたが早くいやな一学期が過ぎ、夏休みのくるのが待たれた。秋になればみんなはもうそんな事も忘れてしまうにちがいないと、それを頼みにしていたものを、何と考えてあの吉田けい子は、再びこんな問題を起してくれたのだろうと、悠紀子はくやしく情けなかった。

巻紙を机にひろげて、返事を書こうと思うのに、何だか腹がたつばかりで、文句はひとつも浮ばない。

「悠紀ちゃん、さっきは失敬。……」

誰にもあけさせない襖《ふすま》を、突然無断でからりとあけて一郎が声をかけたので、悠紀子はあわてて巻紙を机の下へかくそうとしたが遅かった。一郎はもうつかつかとはいってきて、

「お手紙書いてるの？　どこへ？　いい人のところへあげるの？」

東京では、男の人でもこんな女のような言葉づかいをするのかしらと、悠紀子は一郎が優しい言葉をつかう度に、何か吐きそうな心地になる。いい人だなんて！　悠紀子はその言葉の下劣さに、子供らしい潔癖《けつぺき》を感じながら、口をひらけば自分もその汚れに染まるような気がして、だまりこんだ。

「アハハハ。いまのは冗談よ、取消します。悠紀ちゃんは怒りっぽいからこわいねえ」

一郎は何処へ行っても自分を迎えぬ部屋はないとおもう、充分の自信で「ごめんなさいね」と軽くあたまをさげ、

「さっきも悠紀ちゃんを怒らしてしまったから、お詫びにきたのよ。僕は悠紀ちゃんのわる口を云ったんじゃなくて、ほんとうはとてもほめたんだけれど、悠紀ちゃんにはまだそんな事わからないだろうねえ」

一郎の着物は、五年前はじめて会った時とおなじような白絣《しろがすり》であった。ただその絣のもようが大人らしく細かくなっているのを、悠紀子は何気なく見ていた。一郎は本箱にもたれて長く足をのばしてよこしたが二畳きりのせまい部屋で、その足は机に向いて坐《すわ》った悠紀子の、ひわ色のさんじゃくのたれた先きに軽くさわった。

「一郎さん、あっちへいってよ」

「いいじゃないの、すこしぐらい此処《ここ》にいたって。……そう僕ばかり邪けんにするもんじゃないよ」

「あっちへ行ってよ。……あついじゃないの」

「そんなに暑がる人がよく、襖なんかしめて手紙を書いていたねえ。もっとも秘密の手紙だから、そうしなくちゃならなかったんだろうが。……」

「そうよ。秘密の手紙を書くのよ」

悠紀子はいらいらして叫ぶように云った。

「だから早く、あっちへ行ってよ」

「悠紀ちゃん、君はほんとうにあの杉山君を好きなの？」

急に一郎の言葉があらたまり、しかも思いがけない質問に、悠紀子は「え？」と眼をみはった。

「杉山って？」

「晋君のことさ。——姉さんがとても心配しているよ。お母さんだってずい分心配してらっしゃるっていうじゃないの。それゃ君が晋君に恋愛を感じている気持はよくわかるけれど、僕もやっぱりこの事には賛成できないよ。あの子は家も金持だし、美少年でもあるけれど、しかし大へんな不良なんだよ。悠紀ちゃんはそんな事ちっとも知らないんだろう？」

そういう言葉のあいだにも、一郎の足はちらりちらりと無心のように悠紀子の着物にさわり、うすい単衣の下のくすぐられるような皮膚の感触に、悠紀子は毛虫にさわられたように身をちぢめて、すこしずつ机の方へ追いつめられた。それに気を奪《と》られ、思いがけない杉山晋の名さえ、茫然《ぼうぜん》とききながした。

「美和ちゃんが、自分からは云えないから、僕に忠告してくれって云ってるんだ」

「晋さんなんて！」

姉も母もと云われた言葉におされ、悠紀子は云いたい事が何にも云えなかった。

「姉さんにそう云って頂戴。私の事は私が考えてますからって、……一郎さん早くあっちへ行って！」

6

「行くよ。それゃ君がわかってくれさえすればすぐ行くけれど……」

するどい悠紀子の語気におされたように、一郎はそっと足をひいて坐りなおしたが、

「とにかく、君もよく考えなくっちゃ駄目だよ。こんな事僕だって言いたくないけれどねえ。……こないだの晩、大黒座で活動写真があったろう、その時あの子は女学生席の方へ行ってうろうろしていたもんで、係りの人に詰問《きつもん》されたりしたんだよ。あの子が不良だということは、もう知らない人はないよ」

この町へ、ごくたまにやってくる活動写真が劇場にかかった時は、学生たちが大ぜい見物に行くので、二階全部を学生席とし、東のさじきが中学生、西が女学生、まん

中が大学生という風にわけてあった。その規律は厳重に守られて、もし女学生のくせに大学生の席へ行ったり、中学生でいて女学生席のうしろの廊下を歩いたりすると、たちまち不良の烙印《らくいん》をおされてしまうのであった。悠紀子は、杉山晋とは今年になってから知りあったばかりの友だちで、どんな感情も持っていないのだけれど、とにかく自分がそんな恥しい行いをしたように赧《あか》くなった。

「だいたいクリスチャンなんて、みんな不良にきまってるのさ。神聖な愛情だの何だのって、杉山君もそういう女友だちがたくさんあるんだよ。これは愛ちゃんがよく知ってる話だけれど、愛ちゃんの一級下に北なんとかって、ほら、色のしろいちょっと美人がいるだろう。その子がこないだ病気で入院してたらね、杉山君は毎日花かなんか持って見舞に行くんだとさ。そうして二人が接吻《せっぷん》してるところを看護婦に見られちゃって、問題になったのさ。おなじ教会の信者同志で、清い友情の接吻だからさしつかえないって、晋君は云ったそうだけどね、何が清い友情だい、接吻なんて実に汚ならしいじゃないか」

云いながらなぜか一郎は自然に興奮してきて、その口調も悠紀子を説得する余裕のあるものではなく、自分自身激しい憤りをおさえかねるかのようであった。だが悠紀子は接吻などという露骨な言葉をきかされても、その言葉の訴える感覚はあまりに遠すぎて、すこしもあたまへ来なかった。そういう行為は大人の世界の出来事とおもいこんでいるらしく、彼女に応えるのはただ、杉山晋が女学生席をうろついたという一事だけである。

「晋さんなんてどうだってかまわないわよ。仲よしでも何でもないんですもの」

悠紀子は子供っぽく口をとがらして、そういううちにもすぐ晋のところへ、絶交状を出そうと思うのであった。晋の父は一年程前内地から転任してきた銀行の重役で、悠紀子の家の一町ほど先へ大きな邸《やしき》をかまえた。家の近い事と、父親同志知りあいであるところから、いつともなく晋は悠紀子の家へ遊びに来はじめたが、母親たちのあいだには何のつきあいもなかった。悠紀子の母は、日中は恥かしくて町も歩けないというような極端なはにかみやで、二十年もおなじところに住んでいながら、誰とも交際はないのにひきかえ、クリスチャンである晋の母は、転任してくるなり教会でも札幌のせまい社交界でも、たちまち重きをなしている。いつか町角で出会った時、晋の母はおさない悠紀子に笑顔をかたむけて、

「野村さんのお嬢さんでしょう。うちの晋と遊んでやって下さいね。あの子はからだ

が弱くて内気なものだから、まだほんとうのお友だちができないのですよ」

学校の帰りがけで、白い波形のしるしのはいった海老茶の袴を、誇高くはいていた悠紀子はどぎまぎして、顔をあかくするばかりで返事もできなかったが、黒い洋傘をかざして遠くなってゆく晋の母のうしろ姿を見送り、自分の母よりだいぶ年上らしいけれど、何という若々しいよいお母さんだろうと思った。教会へゆく人たちは、みんなあんな風にさっぱりしていて、羨《うらや》ましいと思った。

毎日、晩の御飯がすむと二時間ばかり、子供たちはそとへ出て、長い薄暮の中で石けりや陣とりなどをしてあそぶ。いつ終るともない陰鬱《いんうつ》な冬にいためられるだけいためられた者たちは爽やかな夏が近づくと同時に、そうやってすこしでも多く戸外にいる事を享楽しておこうとするらしかった。地の利がよいせいか、近所の子供たち、──小学生も女学生も、中学生も、たれかれなく悠紀子の家の前へあつまったのがその中に晋もまじっていた。背が高く、そばかすの多い黒い顔で、うつむき加減に歩くくせがあった。年は悠紀子より三つ上の十八であり中学の四年生であったが、「遊んでやって下さいね」といわれた言葉があたまに残っていて悠紀子は何かにつけて自分が一枚上の気持であった。学年こそ上だけれど、晋は悠紀子の読んでいる文学書の事はまるでわからない。何となく自分より程度の低い子のような気がするのである。しかし晋の方はやはり年上の気で、夏休みのあいだじゅう、悠紀子の英語を見てあげようと云い出した。

「悠紀ちゃんは僕を軽蔑するけれど、……でも英語だけは僕の方が上ですよ。二年余計にならっているし、バイブルクラスにも出ているし」

休みになると同時に、悠紀子の課業がはじまった。悠紀子の父が、それはいいと賛成したからで、母はぶつぶつ反対をとなえて、おなじ英語を教わるなら、一郎さんの方がよいけれどと云ったが、その一郎はテニスや海水浴や、そちこち女の子と遊び歩く事にいそがしく、たった一人の少女のために、毎日ゆっくりと落着いて、ものを教える時間などはない。

そのくせ一郎は、おさない二人が応接間でさしむかいに、英語の字引《じびき》をくっているのを見るたびに何か心が穏かでないらしかった。

「夏休みというものはね、愉快に遊ぶためにあるものなんだぜ。せっかくその休みに、英語の予習なんて実にくだらん事をおもいついたものさ。しかも勉強のできない子ならとにかく、悠紀ちゃんにそんな必要はすこしもないじゃないか。悠紀ちゃんのようなからだの弱い子は、勉強よりもむしろ遊ばせることの方が第一だと僕は思うけどな」

一郎は時々美和子に向ってそう云ったが、ふだんから学課のおさらいに勤勉な美和子は、この事ばかりは一郎の意見にしたがわなかった。それよりもかえって、自分が一郎に教わりたいと思うのであったが、「冗談じゃない」と、一郎は言下に一蹴《いっしゅう》して、「かんべんしとくれよ。それよりも僕は、どうして悠紀ちゃんを遊ばせたらいいか考えているんだ」

悠紀子は小学校の四年の時、学校の校医から、一年ぐらい学校をやすませて、暖かい海岸へでもやって、のんきに遊ばせてはどうであろうという忠告を受けていた。母親はおどろいて、肺病でもあるのかとききに行くと、どこもわるいところはないけれど、ただ一たいに脆弱《ぜいじゃく》すぎる、このままおしたら十五六の頃にきっと倒れてしまうにちがいないからと校医は云った。

馬鹿らしい。病気でもないのに学校をやすませたりしたら、人は肺病だとおもうかもしれないではないかと、肺病を非常におそれる母親はぷんぷん怒って、悠紀子はそのままずっと学校をつづけてきた。秋十月頃、一ト月《ひとつき》ばかり母に連れられて登別《のぼりべつ》の温泉へ行ったが、それはべつに身体のためにはならなかったらしく、通知簿についてくる体格表は、弱を通りこして全校にただ一人、薄弱というのである。それでもふしぎに病気らしい病気はせず、何とかぶじに過ぎて来た。女学校へはいって、ようやく弱というのをもらい、悠紀子は人しれず吻《ほっ》とした。

「あんなに勉強させたら、いまにきっと病気になっちまうぜ」

事情を知っている一郎は、そう云って心配したが、悠紀子は毎日英語の字引をひくのが愉しかった。九月の新学期がはじまって、土屋先生の英語の時間に、何をあてられてもすらすらと答え得られる自分を想像すると、まるでお琴のおさらいにでも出るように、いまから胸がどきどきした。晋とさしむかいで英語を教わりながら、悠紀子のあたまには土屋先生の面影以外に何もなかった。西洋人のようなやわらかな生毛《うぶげ》のはえた先生の頬、ちょっとした事にもすぐぱっと、少女のようにあからむ先生の頬。そうした先生の耳はうす手でやわらかで、いつも血の色がすきとおっていた。あれはいつのお式の時だろう、――そう、たしか紀元節の日であった。黒の礼服を着て式場にならんだ先生たちのうしろから、硝子《ガラス》窓ごしに朝の陽が明るくさし出でて、一人一人の先生が、その陽の中に浮き出した影絵のようであったが、その時悠紀子は、土屋先生の耳が一人際立って、浜辺にこぼれた貝がらのように愛らしく、朝の陽がそのちいさな耳一つにあつまって、燃えているかのように紅《あか》いのを発見したのである。それ以来、悠紀子は何かのはずみで先生の耳をおもい出すと、そのたびなぜか胸がどきどきする。

愉しいようで、おそろしいようで、悠紀子はなるべく土屋先生をおもい出さないように気をつけたが、しかし英語は土屋先生にほめられたい一心で習っているのである。おそらく土屋先生も全校の生徒の中で一ばん悠紀子を可愛がっているにちがいなかった。それだけの自信はしっかりと悠紀子にあった。晋なんて！　晋さんをあたしが好きだなんて！　一郎さんの眼も姉さんの眼も一たいどこについているのかしら。

悠紀子はみんなのつまらない臆測が、腹がたつより馬鹿らしいとおもわれる程であったが、でもこんなにひどくまちがわれてしまった事は、どんな風に云いわけすればよいかわからない。

「あたし、晋さんと絶交するわ。それでいいでしょう」

恋愛だなどと云われたから絶交するのではない。自分は男のくせに女学生席の方をうろうろするような、そんな卑《いや》しい人間はきらいだから絶交するのだと云いたかったが、もうそれだけの説明をするのも面倒くさかった。

「それ、ほんとう？」と、一郎はまるで思いがけないことをきいたように眼をかがやかせたが、

「いや、ありがとう。よく僕の忠告をいれてくれたね。……悠紀ちゃんは利口だから、すぐわかるとはおもったけれど」

一郎はそう云ってようやく起ちあがると、

「さ、じゃ仲なおりの握手」

と、右の手を出してよこした。

「いやよ！　一郎さんは私のお友達じゃないんですもの」

悠紀子はくるりと机の方へ向きなおって、最早《もは》や振りかえりもしなかった。どうしてか、忠告をした一郎より、不良だと云われる晋の方が人間がいいように不意に思われた。——一郎の出て行った部屋には急に涼しく、緑の風がかよってきた。

7

悠紀子が土屋先生のごひいきだということは、このごろ級の人たちにもわかって、ぶつぶつ不平を云うものがあるが、最初にそれを悠紀子に知らせてくれたのは、二級上の四年生であった。四年生の英語の時間に、悠紀子は何か用事があってその教室へはいっていった。そうして受持の先生から頼まれた用事を、土屋先生に伝えて帰ってくると、土屋壮吉は悠紀子のおさげの姿を、廊下の窓ごしに見送りつつ、早速、

「彼女は利口な少女である」

と、いま教えている言葉を利用した。土屋壮吉のやり方は、教室へはいると同時に、日本語を捨ててしまい、全部英語ですませる主義であった。その方がしらずしらず生徒もよくおぼえる。

「野村悠紀子は利口な少女である」

と、土屋先生はもう一度おなじ英語を、今度は彼女を野村悠紀子とあらためてくり返した。が、その言葉の終るか終らぬに、先生はれいのくせのぱっと頰を赧《あか》らめて、

そうしてその頰を赧らめた極《きま》りわるさのやり場がなく、横を向いてしまった。ぼんやりしていた生徒たちはその時ようやく気がついてわっとはやしたのである。

愛する妹よ

今日英語の時間に土屋先生はあなたを利口な少女だと云ってほめました、そうして先生は赧くなりました。私はうれしかった。

下駄箱の中にそんな手紙がはいっていて、悠紀子は読みながら胸がわくわくした。上級生の中に悠紀子を可愛がる人が二三人いて、廊下ですれちがいざま手渡したり、すみれの花のついたちいさな封筒を、下駄箱の中に入れておいたりするのである。画《え》がうまかったり、作文がうまかったりする人で、そういう人はまたそろって土屋先生を好きであった。

悠紀子は下級生でありながら、だからよく上級生の事も知っていた。姉の美和子はそれを非常にきらうのである。自分の学校での行動が、いつのまにか妹にも知れているとおもうと、何か威厳を傷つけられるようで不愉快でたまらない。こんな事があった。二階の習字室で、授業のすんだあと、当番の美和子があと片づけをしていて、硯《すずり》の中に残った墨汁を、うっかり窓からそとへ捨てた。習字室が二階だという事を忘れていたのである。お天気がよく、すこし風のある初夏の午後で、階下の音楽室の窓から、ひらひらとカーテンがそとへなびいていた。あっというまもなく、その純白の生地に点々と黒く、花のように墨汁が散ったのである。

美和子はいきなり職員室へ駈《か》けこむと、あおくなって自分の粗そうをわびた。おどろいた受持の先生がすぐ現場を見にゆくと、べつに大した事でもなく、ようござんすよこれくらいと、心配そうな美和子を軽く慰めると、彼女はわっと泣き出した。

「先生、そうじゃないんです。カーテンの汚れた事じゃないんです。私が二階から墨汁なんか捨てた事が、わるかったとおもうんです」

先生は感激した。そうして翌日の修身の時間に、名前こそあげなかったが、この級の中にそういう正直な責任感のつよい生徒のいる事は、わが級の名誉だと激賞した。

その責任感のつよい正直な生徒が、野村美和子だという事は、三時間目ぐらいにもうわかった。美和子の同級生の一人がすぐ手紙に書いてそれを悠紀子に知らせてよこした。悠紀子はその日家へ帰って「姉さんが今日学校でとてもほめられたんですって」と母に告げると、美和子は傍からキッと悠紀子を睨《にら》んだ。

「悠紀ちゃんのおしゃべり！」

悠紀子にはなぜ姉がそんなに怒ったのか、どうしてもわからなかった。自分は姉のした事を非難しているのではない。姉のほめられた事は自分もうれしいのである。ただ、――しかしそれは当然な行為だとおもう気持が、悠紀子の胸の底にあった。自分がおなじ場合に遭遇したら、やはりすぐ先生のところへあやまりに行ったにちがいない。誰も見ていた人がないから、自分ではないような顔をしてすましておく。……そんな事は悠紀子にも到底できそうにはなかった。

美和子は土屋先生がきらいであった。きらいというよりおそれていた。校長先生のつぎにえらい教頭、――そういう上の方の先生に、下級生のくせしておそれ気もなく近づいてゆく、自分の妹ながら悠紀子のやり方は小面憎《こづらにく》く、大胆不敵に感じられる。いまに何かとんでもない迷惑が、自分にまでかかってくるのではないかと案じられた。

まったく、吉田けい子へきた手紙について、悠紀子の考え出した手段は、ものの順序をあやまっていた。そういう時にはまず第一に受持の先生に相談すべきであった。悠紀子たちの受持の先生は鹿鳴館《ろくめいかん》時代に高師の教育を受け、洋装をしてダンスを習ったというものわかりのよい人であったから、吉田けい子の事件については、知らぬふりをして通したけれども、ほかの受持の、若い女の先生たちは心穏やかでないらしかった。出過ぎている、――その考えはどの先生の胸にもあり、方々の教室で注意があった。級の中で起きた事件は、すべて級の受持先生に申出るように。さもない場合は、いろいろ面倒な問題がおきて混雑するからと。

男の人から手紙を貰《もら》ったのも会いに行ったのも、野村悠紀子だという噂がたったのはそのためである。野村悠紀子が土屋先生のところへ持ち出したという、他の先生の憎しみのため、中心人物の吉田けい子は忘れられ、野村悠紀子の名前ばかりが、話題の中へ残ってしまった。悠紀子にはそれがわかった。しかし彼女は自分のした事を後悔しなかった。

まだやっと二年になったばかりの生徒が、あらゆる段階をとびこえていきなり教頭のところへ出かけてゆく、――よそ目にはいかにも突飛《とっぴ》な、大胆な行動が、しかし悠紀子には一ばん自然であり、そうしてまた土屋壮吉にとっても、それはごく当然な事であった。先生と生徒という、いかめしい関係をこえて、二人の気持にはぴったりとしたものがあったのである。

8

それはアカシヤの花の甘く匂う六月の夕ぐれであった。悠紀子が大通のひろい道を、西へ向いて歩いていると、うしろから近づいてきて声をかけた人があった。

「野村さん、……」

振り返ると思いがけない土屋先生で、学校の帰りに何処か用達《ようた》しにまわられたのか、いつもの洋服で鞄《かばん》を小脇にかかえていた。

「先生はどちらへいらっしゃいますの？」

悠紀子はおもわず声をはずませながら、先生と肩をならべて歩き出した。好きな好きな先生ではあるが、まだ一度も話しなどした事がない。その先生が思いもよらぬ道ばたで、思いがけず先生の方から呼びとめて下すったのである。

「私はこれから家へ帰るところです。野村さんは何処へ？　ああ、また富貴堂ですか。じゃア御一しょにゆきましょう」

大通りのひろい芝生は、青々と萌《も》えつづいて、はるか彼方の、かすむばかりはるか彼方の西の山の麓《ふもと》まで、何一つ眼路《がんろ》をさえぎるものなく、まっすぐにつらぬいている。芝生の果てに、なだらかに、丘がもりあがるように徐々にたかまってみえる山の真上へ、いま一日の尊いつとめを終えた太陽は、あかく燃えかがやき、あたり一面金色にそめながらしずかに沈もうとしている。何の鳥か、浅黄の空を遠く、紺紙をきりぬいて飛ばしたように、列をつくって飛んでいった。

「いい夕暮ですねえ！」

と、先生は眼をあげて遠くあこがれるように西の方を眺めながら云った。

「野村さん、あなたはあの太陽をみて、どんな気がしますか」

悠紀子もおなじようにはるかな空を眺めた。

「崇高《サブライム》、といった感じがします」

「サブライム！　ふむ！」

と、土屋壮吉は悠紀子の言葉を深く味わうようにもう一度くり返して、

「まったくそうだ。サブライムとよりほかにはいいようがない」

そのまま土屋壮吉は黙ってしまった。しばらく二人はだまったまま歩いていった。

やわらかな夕風が、折々草の匂いと、激しい木の葉のもえる匂いをはこんできて、

悠紀子のおさげのほつれ毛を、かるくくすぐっていった。西の空はまだあかあかと明るいが、並樹の木かげにはしのびやかに黄昏のいろがただよいはじめている。ラケットをさげた学生が二三人連れ立ってとおりすぎた。近くのテニスコートで練習していた人たちも、そろそろ家へ帰る頃なのであろう。

「野村さん、……」

と、土屋先生は長い沈思《ちんし》からさめたように突然云った。

「私は実はいま、あの夕陽をみてふと思ったのです。あの夕陽、あの夕陽こそ野村悠紀子の姿ではないかと」

先生の言葉の意味が、悠紀子にはわからなかった。

「こんな事は、教師たる私が生徒のあなたにいうべき言葉ではない。しかしいま私は教師として云っているのではないのです。ただ一人の人間としての土屋壮吉が、一人の人間としての野村悠紀子に云うのです。あなたもそのつもりでよくおぼえておいて下さい」

わからぬながら何か重大な事柄であろうと感じ、悠紀子は顔色をひきしめてうなずいた。

「あなたは独歩《どっぽ》のものを読んでいるそうですね」

するとと壮吉は、急にやわらかな言葉になって、悠紀子の期待を裏切った。

「ええ、……」

「好きですか」

「ええ。……でも、先生、私は二葉亭の飜訳《ほんやく》ものの方がもっと好きなんです。ツルゲネフのものだの、アンドレーフのものだの。……それからこのあいだ、徳田秋江《しゅうこう》という人の訳したトルストイのものを読んだのですけれど、それも面白いとおもいました。何だかしらないけれど、ロシヤの小説ってとても面白いような気がします」

「二葉亭ね、……」

土屋壮吉はまたそのまま黙ってしまった。云いすぎたかしら、——悠紀子は気がかりであったが、しかし自分はほんとうに自分の思うままを云ったのだから、さしつかえないと思いなおした。

国木田独歩が湘南の病院で死んだのは、ちょうど一月前の五月である。悠紀子はその記事を新聞でよみ、一日中涙がこぼれた。その切なさの訴えどころがなくて、日記の中へ独歩の死をいたむ文章を書いた。いまこの人に逝《ゆ》かれたのは、日本の文壇にとっても大きな損失であろうなどとも書いた。

それは一週間に一度ずつ、まとめて受持の先生のところへさし出す日記帳であった。悠紀子はすぐ教員室へよばれて、先生から注意された。あなたと国木田独歩とは親類でもない、知りあいの小父《おじ》さんでもない、そんな人が死んだからと云って、なぜあなたが泣かねばならないのです、そうしてまた、それが日本の文壇の損失だろうなんて、日本の文壇とあなたと一体なんの関係があるのです。生徒というものはそんな余計な事を考えるひまに、一頁でもおおく国語のおさらいでもするべきです。もしも将来あなたが小説家になるとしても、いまのあなたと日本の文壇とは何の関係もないのですからね。

悠紀子は先生の言葉をききながら、そのとおりにちがいないと、出過ぎた自分の考えを自分から恥じて赧《あか》くなった。まったくそのとおりであった。日本の文壇とこの北海の一少女と、なんのかかわりがあるだろう！

ああ！　ほんとうに何のかかわりがあるだろう！　だがそう思うと悠紀子は、胸がいっぱいになり、自分のみじめさにほろほろとこぼれ落ちる涙を、先生の前ながらおさえかねた。

涙を見て受持の本庄先生は、すこし云い方がきつすぎたと思ったのであろう。

「あなたがこんな事を考えた、その気持は先生にもよくわかっているのですよ、だからそれをとがめているのじゃないのです。ただこんな事を考えるのは早すぎる、ね、そうでしょう、あなたはまだやっと二年生ですもの。こんな事は学校を卒業して、もっとあなたが大人になってから考えてよい事なの」

悠紀子は慰められ、おじぎをして先生の前を退《さが》ってきたが、心の底の底の方には、それならいまにきっと私が、それを云ってもいい人間になってみせる！　と、不逞《ふてい》な芽がかすかにあたまをもたげていた。

9

土屋先生はあの話を知っていらして、それで私に何か注意なさろうとするのかもしれない。

そう思った時、土屋壮吉はまた不意に口をひらいた。

「野村さん、あなたはね、こんなちいさな町、——いや、札幌というところはなかなかよいところですが、しかしあなたはこの町で平凡にお嫁にいって、平凡に人妻として一生を終るべき人じゃない。かならずあの太陽のように、日本の上にかがやく人だと思うのです。私はいま迄《まで》、師範《しはん》学校も教えました、中学も教えました、女学校もだいぶたちます。教えた生徒の数は何万人あるかわからない、だがその中にただの一人もあなたのような生徒はなかった。私は何万人の中からやっとあなたを発見したのです。あなたこそは、……」

土屋壮吉はふたたび眼をあげて、はるかな山を見やった。太陽は見る見るしずんでいって、だがその余映《よえい》は一《ひ》ときわ麗《うる》わしく、空にかがやいていた。

「うつくしいじゃありませんか。ねえ。あなたもああいう生涯をおくるのですよ。いいですか。どんなに辛くとも苦しくとも、途中でくじけてしまってはいけない」

悠紀子は酔ったようにぽうっとして、もはや返事もできなかった。

「野村さん、おぼえているでしょう」

土屋壮吉は、うっとりと眼をうるませた悠紀子の顔をやさしくのぞきこんで、

「入学試験の時ね、作文の題に、入学の目的というのが出たでしょう、その時あなたは何と書いたか、……」

女学校へはいるのは、良妻賢母《りょうさいけんぼ》になる修養をつむためだと小学校で教えられたが、悠紀子はそういうものになろうとは、一度も思った事がなかった。で、自分は無理に女学校へはいりたいとは思わないが、ただ自分は将来学問で身をたてたいと考えている。その勉強の一段階として中等教育を受けなくてはならないので、もし小学校からすぐ大学へはいれるものなら、女学校へははいらなくてもよいのだという意見を正直に書いた。

「あんな事を書いたのは何百人の受験者の中で、野村さん、あなた一人だったのですよ。私はその時からあなたに眼をつけました。そうして一年間じっと見ていました。——何から何まで私の期待したとおりだった、……いや、それ以上だった。野村さん、どんな事があってもあの考えを捨ててはいけませんよ。あなたは必ず文章で身をたてる事のできる人です。よござんすか。きっとなれるとお思いなさい！　そうするときっとあなたはそうなれる！」

富貴堂という本屋へゆく曲り角はとおにすぎてしまったが、土屋壮吉も気がつかなかったし、悠紀子はもちろんそんな事はきれいに忘れていた。二人はただ二人きりで、どこまでもどこまでも、——陽のしずんだ山の向うまで、その陽をおいかけてゆくように歩いていった。

「野村さん、私も実は自分で勉強したい事があるのです。いろいろ経済的な事情から、こうして学校の厄介《やっかい》になっていますが、もうそれも長い事ではありません。来年か、おそくもさ来年は学校をやめます」

「先生。そうして先生はどこへいらっしゃるんです」

親が危篤《きとく》だというよりももっとびっくりして、悠紀子は一心にすがりつくように叫んだが、ふといつか上級の人たちが、土屋先生はいまに外国へ行かれるらしいと噂していた事を思い出した。

「先生、ドイツへいらっしゃるんですか」

「ええ、まあ、……」

と、壮吉は言葉をにごして、

「いずれはと思っていますけれど、すぐそううまくゆくかどうか、……まあ何にしても、一度は東京へ出ますから、その時あなたも学校を卒業して、東京へ出ていらっしゃい。きっと出ていらっしゃい」

「先生は何をご勉強なさるんです。やっぱり外国語ですか」

悠紀子は子供らしい好奇心にかられ、土屋壮吉はドイツ語もフランス語も教える資格を持っていると上級生からきいた事を、まっすぐにたずねてみた。

「そう。外国語は勿論《もちろん》やらなくてはなりませんが、私が勉強するのは心理学というのですよ。まだあなたにはむずかしすぎるけれど、しかし面白い学問です。いずれ私があなたにそれを教える時がくるかもしれない」

（その通りであった。後年土屋壮吉は帝大の研究室で、一年間みっしりと野村悠紀子に心理学を勉強させた。病気のために女学校さえ卒業しかねた悠紀子にとって、それは生涯にたった一度の、勉強らしい勉強となったのである）

ようやく気がついて、土屋壮吉はたちどまった。

「これは大へんな事をした。ずいぶん来すぎてしまいましたね。南一条の角まで送って行きましょう」

壮吉は子供のようににっこりとあどけなく笑い、つづけて早口にべらべらと何か悠紀子にはわからぬ外国語をしゃべった。

「いい夕暮れでした。お互に一生おぼえておりましょう」

壮吉はまだ笑いながら、今度は日本語でそう云った。悠紀子もつりこまれて「ええ」とほほえんだが、忘れてなるものかと、何かあついかたまりが胸もとへこみあげて、見る見る壮吉の笑顔がぼうっとかすんでいったのである。

10

思いがけなく土屋壮吉に出あい、思いがけない言葉をささやかれたあの夕暮れの一《ひ》と時《とき》の後、二三日のあいだ悠紀子はまるで自分のからだが宙に浮いたような感じがし、学校のゆきかえりにも足が地面につかないようであったし、教室でもたましいのない人間のように茫然としてしまって、先生から何を問われても、友達から何か話しかけられても、ちゃんと返事はしていながら、その返事が自分の耳にはひどく遠くきこえて、だれか他人が代って返事をしているように思われるのであった。

「悠紀ちゃんこのごろすこしどうかしているんじゃない？」

と、さすがに姉の美和子は気がついてそっと母親に云ってみた。

「どこかわるいんじゃないかしら。——ちっとももものを云わないじゃないの」

「なに、あの子はいつでもああいう風に陰気もんだから、かまわないでお置きよ」

母親はほんとうにそう思いこんでいるのであった。自分の子でありながらまるで気が知れない、いつも年寄りのようにだまりこくって、眉を八の字によせている。女の子のくせに年じゅう本ばかり読んでいて、めったに台所へ出て来ない。そうしてたまに出てきたと思うと、お茶碗一つ拭く手伝いをするでなく、女中たちと一緒に他愛なく笑っている母の方を、じろりと咎《とが》めるような眼つきで見て、またさっさと自分の部屋へひっこんでしまう、……「あの子はあたしが無学だと思って軽蔑してるんだよ」と、母の織江は時々美和子をつかまえて愚痴《ぐち》をこぼしたが、その美和子の方は、おなじ女学校へ通っていても、学問を鼻にかけるような気振りもなく、毎日学校から帰って一定の復習をすますと、すぐ台所へ出てきて母親の相手になり、晩のお献立を考えたり、時には割烹《かっぽう》の時間に習ってきたお料理やお菓子をこしらえたりするのであった。ビスケットの焼き方や、カツレツのあげ方など、母は美和子から教わって、女学校は役にたつところだと喜んでいた。日曜日には母子さしむかいで、裁物板《たちものいた》をあいだにせっせと裁縫をする。美和子は九つの時から絹物を縫いこなすほど裁縫が上手で、自分の着物を他人手《ひとで》にかけた事がなかった。

「悠紀子ときたら、ほんとうに猫の尻っぽよりまだ役にたちゃしない。世話がやけるばかりで。……お父さんとそっくりだよ」

織江はそう云って、美和子一人を唯一無二の力にしていた。

母と姉がさしむかいで、睦《むつま》じく裁縫しているのを見ると、悠紀子は時々そこへ行って、自分も仲間へ入れてもらいたいと思う事がよくあったが、さてそばへ行って坐ってみても、母と姉との話には、自分が口を出せるような事は一つもなかった。それに悠紀子は坐り方が下手で、「ちょっと悠紀ちゃんどいて頂戴、へらつけするのに邪魔だから」と姉に追いたてられたり、「おや、またこの子はものさしの上に坐ったじゃないかしら」と母に叱られたりする。二人は悠紀子を邪魔がるばかりなので、自然悠紀子もすぐ起《た》ちあがらずにはいられないのである。

悠紀子はちいさな胸ひとつに包みあまるよろこびを、——土屋先生の言葉をすぐ姉にも伝えて、ともによろこびあってもらえたなら、それほどうっかりしないでいられたかもしれなかった。だがこの姉妹はちいさい時からごく秘密主義で、お互に自分の気持を話しあった事など一度もなく、些細《ささい》な出来事さえもお互に知れるのをいやがるのであった。悠紀子は尋常四年を修業する時、受持の先生から呼ばれて、あなたは勉強がよくできるから飛び級をさせてはどうかという事が問題になったが、あんまり体が弱いので見合せる事になった。それから又その話を新聞に発表してはどうかという説もあったけれど、それはかえって本人の身のためにならないだろうというので取りやめになりました。私としてはまことに残念だけれど、成行《なりゆ》きでいたし方がありません。ただこれから先き、十で神童、十五で才子と人から侮りを受けぬよう、一生懸命怠《おこた》りなく勉強していって下さい。お別れにのぞんでくれぐれもお願いしますと云われた事があった。

やっと十二歳の少女にとって、これはたとえようもない大きな衝動であったけれども、悠紀子はそれを家へ帰って誰にも告げず、一人でじっと守り通してしまったのである。——その時でさえそうであった。いま彼女はもはや十五歳になっている。土屋先生の言葉を人に語ろうとは夢にも思わなかった。

土屋先生の言葉は天上の音楽のように絶えず悠紀子の身辺をめぐって、微妙な音色をたてていた。悠紀子はうっとりとそれにきき惚《ほ》れているうちに、ふうっと足の先が浮いて、ひらひらとからだが蝶々のように軽く舞いながら、天上へのぼってゆくような心地がする。——二三日、悠紀子はそんな状態で、夢中で日を過ごした。だが四日五日と経つにつれて、天上の音楽は反対に重苦しく悠紀子の全身を圧しはじめた。

春先きの一夜、突然激しい水音に驚かされて眼のさめる事がある。屋根をすべる雪の音ではなくて、それは三町ほど先きの豊平川《とよひらがわ》の流れの音であった。冬のあいだじゅう、厚い氷の張りつめていた川は、一夜忽然《こつぜん》と氷がとけて、奔馬《ほんば》のような勢で水がはしり出す。藻岩の裏山から解けてながれる雪水が、一そうそれに拍車をかけて、ひろい川一ぱいにあふれる水は、つい軒下まで押しよせてくると思うほど、激しい音をたてて流れるのである。そんな夜、ストオヴの消えた部屋の中さえ、むしむしと暖かく、子供たちは布団から肩を出して寝ている。枕もとの豆ランプのほやが、大きく天井にうつって、かすかにゆらぎつつ、ジジと石油の匂いをたてるのを吸いこみながら、夜半ただ一人眼をさましていると、悠紀子はああ今年もやっと春になったと思う歓びと同時に、何かおそろしいような胸苦しさを感ずるのが常であったが、土屋壮吉の言葉は、ちょうどそれとそっくりであった。

あまりに大きな歓びは、肉体的に深い苦痛を伴う事が往々あるらしい。そうしてその苦痛のために、歓びがやがて重荷となってゆく。――悠紀子の憂鬱《ゆううつ》は、日が経つにつれて深くなった。自分は果して土屋壮吉の言葉に価《あた》いするほどの人間であろうか、……その反省が切なく彼女の胸をしめつけた。更にまた、果して自分は土屋先生の云われるようなえらいものになれるであろうか。——「きっとなれるとお思いなさい！そうするときっとあなたはそうなれる！」先生は声を励ましてそう仰有《おつしや》った、だが、自分はほんとうにそうなれるであろうか。

十で神童、十五で才子と小学校の先生に云われた事が、苦しく胸に蘇《よみがえ》ってくるのであった。二十過ぎれば並の人になり終って、自分はいたずらに人の嘲笑《ちようしよう》をかうに過ぎないではないのであろうか。——この前途の不安は、現在の反省よりも、より強く深く、悠紀子を圧し、涯《はて》しない海原《うなばら》へただ一人投げ出されたような、力つきる心細さを悠紀子に感じさせた。

土屋壮吉の言葉は劇薬であった。それは悠紀子にとって良薬であったかもしれない。だが同時にそれは毒薬でもあった。

11

しかしながら何といっても悠紀子はまだ子供であった。子供の心は小川の水のようで、よそ眼にはおなじ流れであるけれど、中味の水は刻々に変っている。岸辺の柳はいつもおなじ枝をたれているけれど、それを洗う水はつねに新しい。悠紀子の気持もやはりその流れのように、いつまでもおなじところにとどまってはいなかった。昇天の歓喜も地獄の苦痛も一週間ばかりの事で、やがて彼女は次第にそれを忘れていった。そうしてあとにはただ、土屋先生に対する思慕《しぼ》の念だけが残ったのである。

せっかく先生にほめられようと思ってはじめた英語の予習を、途中でやめてしまうのはいかにも残念であったけれど、悠紀子の子供らしい潔癖さは、もはや杉山晋の名を耳にするさえいさぎよしとしなかった。悠紀子は吉田けい子の問題などそっちのけにして、すぐその日のうちに晋へ絶交状を送った。

折返し晋から手紙がきて、いかにも女学生席のうしろを歩いたのはわるかったが、それは実は君がきていないかと探しにいったのである。それをこんな風に誤解されては残念でたまらない、会ってお話すればわかる事だから、ぜひ一度会ってもらいたいと云ってよこした。

そうであったかと一応はうなずける気持であったが、しかし悠紀子はもう晋に会おうとは思わなかった。理由は何にしたところで、とにかく女学生席をうろついた事はゆるせない、そんな人と友だちであるのはたまらなかった。悠紀子は返事を出さなかった。

晋から毎日手紙がきた。はじめのうち、ぜひ一度会ってもらいたいと頼んでよこしたのが、だんだん調子が変って、女心と秋の空というけれど、まさか君がそういう浮気ものだとは思わなかったというような事が書いてあるようになった。おしまいには悠紀子をサタンとかデビルとかいう言葉で罵《ののし》ってよこした。ああ君は僕とあれ程かたい約束をしておきながら、五年の後どころでなく、いまからもう僕を裏切ってしまったなどと書いてあった。何の事か悠紀子には見当もつかなくて、見当のつかぬままにただ腹がたつ。

月が美しい夜であった。母と美和子とつれだって、買いものがてらの散歩へ出かけたあと、悠紀子はひとり奥の座敷で月を見ていた。りいりいと縁先《えんさ》きや庭のくさむらですだく虫の声のするどさは、もはや夏休みも終りに近づいた事を知らせている。台所の方で女中たちが焼いているのであろう、とうもろこしの香ばしいかおりが、庭の方をまわって座敷の中まではいってくる。――じっと坐っていると、何という事もなく胸のせまってくるような気持である。

「……悠紀ちゃん」

不意に声をかけられて、悠紀子はびくっととびあがった。母や姉はいましがた出かけたばかりで、誰もくる筈《はず》のない座敷へ、思いがけなく一郎がはいってきたのであった。

「まあ。いやな人ね。……びっくりするじゃないの」

案内も乞《こ》わずいきなり奥まで来た事を、悠紀子はむっととがめたが、

「あははは、……」

と一郎は愉快そうに笑って、

「悠紀ちゃんをびっくりさせようとおもって、わざとそうっとあがってきたんだよ。――みんな出かけたんだってねえ」

「うん。狸小路《たぬきこうじ》へ行ったの。……一郎さんもいらっしゃいよ、きっと会えるわよ」

悠紀子は一郎と二人きりで話をするのがいやであった。

「どうして悠紀ちゃんだけおるす番しているの？」

だが一郎は悠紀子の気持のわかる筈もなく、親しそうに腰を落ちつけると、

「そうそう、いいものをあげよう。――ほら」

と白い紙をひねったものを悠紀子の方へ出してよこした。うすい紙の中は蚕《かいこ》のよう

にすきとおって、何かぽっとあお白く光っている。

「なによ。それ……」

「あてごらん、いいものだから」

悠紀子はすかしてみたがわからなかった。

「蛍《ほたる》みたいだけど。……でもいま時分蛍なんていやしないでしょう」

「と思うだろう。ところがそれがいたんだよ。そこの製材所の池のそばを歩いてきたらね、河岸《かし》っぷちを何だか青いものがすうっと光って消えたのさ。おやっと思って、人魂《ひとだま》にしてはちいさいけれど、とそばへよって見たら蛍なのさ。すぐ団扇《うちわ》でたたいてつかまえてきたんだけれど。……珍しいだろう」

涼みに出て来たらしい一郎は、膝の上で団扇をおもちゃにしながら説明した。

「大きな蛍ね」

そっと包みをあけてみた悠紀子は、それを床《とこ》の間《ま》の薄暗い隅へ持っていって放してやった。

「逃げないかしら」

「大丈夫さ、もう弱ってるんだもの。……やあ、よく光りやがら！　こうして見てると蛍って、やさしいようでなかなか凄いところのあるもんだなあ」

すこし気味がわるいほど蒼白《あおじろ》い光の大きな蛍は、しばらく壁際で明滅していたが、やがて薄端《うすばた》に生けたはらんの葉かげへ来てとまった。

「何だか人魂のようだなあ。……あっ、そうだ、これはきっと杉山君の執念だよ。悠紀ちゃんが会ってやらないものだから、蛍に化けてやってきたにちがいないよ」

「いやッ！　そんな事云って、……」

からかわれているのだとわかっても、悠紀子は何かぞっとした。

「でなくっていま頃蛍なんかとんでるわけがないじゃないか」

一郎が図にのってからかいつづけたが、ふと悠紀子の顔色の変っているのに気がついて、急に言葉をあらためた。

「杉山君、毎日手紙をよこすんだって？」

「やになっちまう」

と悠紀子は眉をよせた。

「こんな事きくのはあれだけれど、悠紀子ちゃんは晋君と何か将来の約束でもしたの？」

「将来の約束って?」

「晋君と結婚する約束さ」

「まあひどい!」

「だって杉山君は、悠紀ちゃんを裏切者だって書いてよこすってじゃないの」

ああ、また美和子がしゃべったなと思ったが、それにしても手紙は誰にも見せたおぼえがないのに、いつのまにさがし出して読んでいるのであろう。

「そうなのよ、だから私ふしぎでたまらないの」

と悠紀子は素直に肯定して、

「ねえ、なぜかしら、……」

誰にもきく事のできなかった疑問を、はじめて一郎にたずねてみた。

「さア、僕にもよくわからないが、……晋君だって気ちがいじゃないんだから、悠紀ちゃんの気のつかない事で、一人ぎめに約束したと思ってる事があるんじゃないのかな。何かあるでしょう、考え出してごらんなさいよ。——もう五年経ったらって、何かいわれた事がないの?」

「ああ、あるわ」

悠紀子はやっと思い出した。

「もう五年経ったら四頭曳《びき》の馬車を持ってお迎にくる、そうしたら僕の家へきてくれるかってきいた事あったわ、行くって返事したの。……だって私、遊びにゆく事だと思ったんですもの。そうしたらあの人、きっとね、きっと待っていてね、って握手したの」

「ふうん、……握手して、その時どんな気がした？」

一郎はニヤリとした。

「どんな気って？　いやね。どんな気もするわけないじゃないの。あたりまえじゃないの」

握手をする事が、何か特別な感情をともなうものだとは思われなかった。ちいさい時から男の子とばかり遊びつけている悠紀子は、そういう神経が麻痺してしまったのか、それともまだ目覚めないのか、陣とりなどで手をつないで駈《か》けるのと、わざわざ握手するのと、おなじ感じよりしなかった。

12

女中が砂糖醤油をつけてこんがりと焼きあげたとうもろこしを、四五本お盆にのせて運んできたので、悠紀子はすぐそれを横にくわえてかじり出した。

「一郎さん、何か詩吟《しぎん》を教えて頂戴。やさしいの、私にもうたえるようなの、……」

口のはたに黄いろい種子をくっつけながら、悠紀子は子供っぽくせがみ出した。白地に花もようのあるメリンスの元禄袖のひとえを着て、とき色のさんじゃくを結び、見得も慾《よく》もなくとうもろこしをかじっている悠紀子の姿は、何か野の兎《うさぎ》のようにあどけなくって、さすがの一郎にも、こんな子供が結婚の約束などする筈《はず》がないとうなずかれた。

「うまいとうもろこしだなあ、……」

と、しばらく二人はだまってたべていたが、

「ねえ、何かうたってよ」

ふたたび悠紀子にせがまれると、一郎は口のまわりをハンカチで拭いて、「じゃア、

……」と坐りなおした。

あかねさす、わが日の本の人という、人の中よりえらまれて、……

一郎の声は朗々と幅のある男らしい声であった。彼が方々《ほうぼう》の家庭で人気があったのは、一つにはその声のせいであるかもしれない。悠紀子は一郎を好きでもきらいでもなく、——いや、むしろきらいな方であったが、彼の歌をきく時だけは、ふしぎに反感がなくなって、まっすぐその声にきき惚れた。

なからんなからん故人なからん、西の方陽関《ようかん》を出《いず》れば故人なからん、……

「送別」という題の短かいものであったが、じっと耳をすましているうち、その歌詞にも何か心にしみてくるものがあった。悠紀子はふと、忘れていた土屋先生の言葉をおもい出した。

「一郎さんはいい声ねえ!」

悠紀子はこころから感謝して、

「こないだ銭函《ぜにばこ》へ行った時もよくうたったたわねえ」

「いやア……」

と、一郎もほめられると青年らしく顔を赧《あか》くしたが、「僕なんか声が浮いてて、とても駄目さ。……それよりね」

一郎は話題を転じて、

「こないだ銭函でずいぶん遅くなっちゃったね。……あの時悠紀ちゃんはよく眠ってたようだったけれど、……何か僕と姉さんの話きいた？」

「ううん。何にもきかなかったわよ」

悠紀子は正直に首を振った。——その日はもう今年の海水浴の最終日かもしれなかったので、悠紀子は心残りのないように遊びつくしたあげく、眠くなって茶店の座敷にぐっすりと寝こんでしまったのであった。何時間そうやって眠っていたのかわからないが、ふと浪《なみ》の音が耳について眼がさめると、あたりはいつのまにかうす暗く暮れていて、そのたそがれの黄いろい光の中に、一郎と美和子がぼんやりさしむかって坐っていた。ざざッ、ざざッと浪の音が、まるで知らない遠い国へでも行ったように、いつもとすっかりちがっていた。夕方の汽車でかえる連中はみんなひきあげてしまったあとで、あたりはしんとしずまりかえって、ただ浪の音ばかり高かったのである。

「あの時、何かあったの？」

悠紀子は急に気がついてきき返した。——そう云えばあの時、一郎も美和子も喧嘩《けんか》でもしたようにだまって坐っていた……

「いや、何でもないんだよ。悠紀ちゃんが気がつかなかったのなら何も僕からいう事はないんだが、……」

「わかったわ。あの時姉さんと喧嘩したんでしょう」

「まさか」

一郎は苦笑した。

月はすっかり南へまわって、中庭の桜の木が、くっきりと濃い影をおとしている。一郎はしばらくだまって、地面の上にゆれる葉かげを眺めていたが、

「人間の気もちなんて、まったく自分で自分の思うようにならないものさ」

「それどういう事？」

「悠紀ちゃんは気がついてるにちがいないと思うんだがな。……美和ちゃんの僕に対

する気持さ」

「姉さんは一郎さんが好きなんでしょう」

「ほら、やっぱり知ってるじゃないか」

「そうして、一郎さんは愛子さんを好きなんでしょう」

「あっ！」

と、思わず一郎は膝をたたいた。

「子供じゃないね、子供じゃないね」

「どうして？　それくらいの事だれにだってわかるわよ」

「ところがわかりゃしないんだ。佐喜ちゃんは佐喜ちゃんで、僕が佐喜ちゃんを好きなんだとおもっているしねえ」

「一郎さんがそう思わせるんでしょう」

「辛辣《しんらつ》だなあ！」

佐喜子の姉の愛子は、ほっそりとした顔立で、そばかすの多いのが欠点であったけれども、そのため一そう色が白く見えた。

「姉さんたちおそいわね。一郎さん迎えに行かない？」

とうもろこしをたべてしまうと、悠紀子はそろそろ一郎の相手をしているのが退屈になってきたのである。

「悠紀ちゃんも行く?」

「ううん。あたしね、これからまたする事があるの」

「また本を読むんだね。……まったく悠紀ちゃんの本好きには感心するなあ。悠紀ちゃんはいまに樋口一葉のようになれるかもしれないなあ」

一郎の口から一葉の名などきくのは意外であった。

「樋口一葉を知ってるの?」

悠紀子はおもわず声をはずませた。

「僕だって一葉ぐらい読んでいるさ。そう軽蔑したもんでもないよ。それにね、僕の小石川の家の近くに、礫川堂《れきせんどう》という文房具屋があってね。そこは一葉の妹がやっている店なんだよ。僕は文房具はその店でばかり買うの」

礫川堂の話は土屋先生からきいた事があった。

「そうなの?」

と悠紀子は深く息を吸いこんだ。

「だから悠紀ちゃんも、あんまり根をつめて勉強ばかりしてちゃ駄目さ。いくら天才でも早く死んじまっちゃ何にもならないからねえ。人間は馬鹿だと云われたって、長生きをするにかぎるよ。僕はよく憎まれ口ばかりきいて悠紀ちゃんにきらわれるけれど。……僕はほんとうは悠紀ちゃんを好きなんだ。愛ちゃんなんか問題じゃない」

「うそ！」

釣りこまれて思わず悠紀子は返事をし、あっと思った。

「うそなもんか。……ただあきらめているだけの事さ。あれだってねえ、悠紀ちゃんにはもう許婚《いいなずけ》の人がきまっているんだってね」

また美和子が、……と思いながら、悠紀子はうなずいた。

「そうですって」

「他人事《ひとごと》みたいにいうんだねえ」

「だってあたしがきめた事じゃないんですもの。……きらいだわ、そんな話」

「ははは、……」

と、一郎はなぜか突然笑ったが、何となく無理に笑ったようであった。蛍はまだはらんの葉にじっととまっている。

13

その夏は悠紀子にとって、何かと事の多い年であった。ふしぎなもので、人の一生はちょうど体温表のように、平らな線のつづく時と、激しい波形をえがく時とがある。過去をふりかえって、どんな毎日を送っていたのか、まるで記憶に浮ばぬ年と、つぎからつぎへ思い出のつきぬ時代とが、誰の生活にもかならずあるにちがいない。悠紀子の十五歳は、彼女にとってそういう波形の一つの頂点であった。

前にも記したように、国木田独歩が湘南の病院で死んだのはその年の初夏であったが、おなじ初夏の頃に、川上眉山《かわかみびざん》が自殺した事も感じやすい少女の胸をゆすぶった出来事の一つであった。前の年の十四歳は運よく女学校へ入学したよろこびと、同時に年長者ばかりのあいだに交って、一所懸命脊《せ》のびをしているような苦痛とで無我夢中にすごしてしまい、学校以外の事には何一つ心の向く余裕もなかったのが、ようやく二年生になってすこしずつ心の落着きを取戻すとともに、回覧雑誌をこしらえてみようとおもいたつほど、学課のほかに何か求める気もちが動いてきたのであった。そうしてそれはまた、単純な少女から多感な娘へ、心理的にも生理的にも、徐々にうつってゆこうとする兆《きざ》しの一つでもあった。

川上眉山という人の作品は殆《ほとん》ど読んだ事もなかったけれど、自殺という事柄は何となく胸にこたえて、その新聞記事を読んだ日は、自分もどこか遠いところへゆきたいような気もちにそそられて、朝から学校でそわそわしていた。

「ねえ、今日午後からエスケープして、どこかへ汽車に乗っていかない?」

悠紀子はそう云って、平生《へいぜい》親しい友だちを誘ってみたが、誰もそんな冒険に応ずる者はなかった。

「ああつまんない。あたし一人で行こうかしら、……」

甘えるように鼻を鳴らしていると、

「野村さん、どこへ行くの?」

通りすがりに同級生の一人がきいた。

「お昼からね、汽車に乗って軽川《かるがわ》へ行こうとおもうのよ。そこにうちの林檎畑があるのよ。もう花は散ってしまったけれど、青いちいちゃな林檎が実っているわ。かわいらしい、とてもちいさな林檎よ。あたし三つの時から五つぐらいまで、その林檎畑に暮していたの。水のきれいな川があるのよ。サワカニがいるのよ。川のふちに野茨《のいばら》が咲いているのよ。そうして、ああそうだ、鈴蘭《すずらん》もまだ残っているかもしれないわ」

「まあ素敵ね。あたし一緒に行くわ」

ふだん殆ど口をきいた事もない友だちであったが、悠紀子の話に惹きこまれたように、午後から学校をぬけ出して、汽車に乗って軽川へゆく計画に賛成した。

「それじゃ停車場へゆく前に、ちょっと富貴堂まで一しょにつきあって頂戴ね」

「ええいいわ」

悠紀子は本屋へ行って、川上眉山の「ふところ日記」を買った。ちいさな、ほんとうにふところへはいるような小形《こがた》の本であった。悠紀子はそれをふところの中へいれて、友だちと一緒に汽車に乗った。

札幌から軽川まで、ほんの十五分よりかからぬところだけれど、先生にも家にも内しょで汽車に乗るという事が、まるで遠い旅行にでも出かけるように、この少女たちの冒険心を満足させるのであった。

「軽川ってどんなところかしら。ねえ。あたし鈴蘭はいつでも琴似《ことに》まで摘みにいったのよ、軽川なんて初めてよ。いいのがあって?」

「とても大きいのがあるの。その代りほんのすこししかないのよ」

いつであったか、思いがけなく夏草の茂みの中に見出した鈴蘭の、ただ一本ながら琴似あたりに咲くものとは、はなびらの厚さ大きさが倍ほどもちがう、見事なそれを思い出しながら悠紀子は答えた。鈴蘭はまたの名を谷間の姫百合というそうだが、悠紀子が小川のそばの茂みの中に見つけた一本は、まったく白百合のように馥郁《ふくいく》として、はなびらは百合根をあまく煮あげた時のように、ねっとりと光っていた。

林檎畑は線路に沿うて、駅のすぐ近くにあった。線路の土手の下にもどうかすると鈴蘭の咲いている時がある。だが悠紀子は、せっかく友だちを連れてきた事故《ゆえ》、もうすこしかたまって咲いているところを知りたかった。

「一本ずつでなく、もっとたくさん咲いてるところないかしら」

「そうですね。……お寺の山の方なんかどうでしょう、いつかあすこに沢山あったけれど」

畑の管理人のちいさな女の子が、大人のように眉をよせて、しかつめらしく考えながら、やがて二人の不意の客を、お寺の山の方へ案内していった。

山といってもそこは、一本道の往来からちょっと引っこんだ、民家のうしろの小高い丘のようなところであった。そのへんの人たちが、自家用の食料につくっているのであろう、一面によく耕やされた畑で、青々と麦のそろっている隣には、じゃがいもの花がうす紫の可憐《かれん》な色をつらねている。ちょっとした垣根にささえんどうのつるがからみついて、スイートピーによく似た花の浮いているのが、まるでちいさな蝶々の飛んでいるように見えるのであった。——その中でお寺の山だけは、雑草のはびこるに任せて、鍬《くわ》を入れたあとがない。

悠紀子はその丘の上に長々と足をのべて、ふところ日記をよみ初めた。くさむらをかきわけて鈴蘭を探し歩いたが、葉ばかりしげっていても、花はもう散ってしまって何処にもなかった。

「もっと早くくるとよかったわねえ。こんなにたくさんあるんですもの」

友だちは口惜しがって、

「来年はきっとここへ来てみるわ、誰にも知らさないで。——そうしてみんなを驚ろかせてやるわ」

一度は落胆しながらも、また来年の秘密なたのしみに、友だちは希望をつないで、やがて悠紀子の傍《そば》へきて、おなじように長々と足をのばした。

静かであった。——ふところ日記という文章は、何だかむずかしくてよくわからないので、悠紀子は読むことを断念して、草の上へ仰向けに寝ころんで空を眺めた。友だちも寝ころんで空を見ている。よく晴れた日の午後で、北海道特有の深い碧《みどり》に冴えた空が、二人の少女の頭上はるかに、やわらかく円《まる》くつつむようにひろがっている。眼路《がんろ》の下には一本道の往来をへだてて向う側の家並が見え、その家のうしろに鉄道線路が白く光っている。線路の向うは前田侯爵の農場で、はるばるとつづいた牧草畑の、その果は空とひとつにとけあって、なだらかな地平線をえがいている。……地球はまるいものだと教わったが、ほんとうに地平線はまっすぐでなく、やわらかく丸味を持っていた。

時々、胸の底にしみいるようなさびしい音で、カッコーが鳴いた。うっとりと自然にねむ気《け》ざましてくるような静寂をやぶって、カッコー、カッコー、と呼びかわす小鳥の声は、悠紀子の胸に何かもやもやとかたまっていたのを、次第にほぐしていってくれるようであった。それはいつのまにか甘い涙となって悠紀子の頰から青い草むらの上へ、ぽとりぽとり静かにながれはじめていた。

14

カッコーのさびしいなき声は、その時以来悠紀子の胸に深くしみついて、離れがたいものとなった。そうして、ふとしたはずみにその声を思い出すわけもなくほろほろと泣けてくるのだった。何の涙か、自分にはまるでわからない。べつに悲しいこともないのに、ふっと涙がこぼれるのである。

川上眉山の「ふところ日記」はたった一日の感傷に役立ったばかりで、その後は本箱の隅へおしこまれて顧《かえりみ》られる折もなかったがおなじ夏に、西萩花というわずか十九歳の文学青年の自殺した事件は、まるで自分のことのように悠紀子の心をえぐった。その青年は、「文章世界」という雑誌の投書家で、ふだんから感傷的な美しい文章を書く人であった。

姉の美和子は小説など読むと堕落《だらく》するといって、一切手をふれなかったが、文章世界だけは毎月取りよせて読んでいた。学校の先生が、それを読むと作文が上手になるからとすすめたせいでもある。悠紀子は自分があれを取りたかったけれど、美和子がどうしても承知しないので、止《や》むを得《え》ず美和子のおふるを借りて読むのであった。美和子は本を読むのがおそくて、いつも一週間か、時には半月も経ってからでなくては貸してくれない。そのあいだじゅう、悠紀子はじりじりしながら待つのだったが、毎月きまってそういういらいらした思いをさせられる事は悠紀子の心の中に、あきらめの厭世的《えんせいてき》な感情を植えつけていった。

西萩花という青年が自殺したと知った時、悠紀子はだしぬかれたような気さえした。

「十九にもなって、自分で毒をのんで死ぬなんて、まあ気が知れないわ」

さすがに美和子も無関心ではいられなかったのであろう、悠紀子に雑誌をわたしながらそう云った。

「姉さんは死にたいとおもった事なくって？」

「おおいやだ。せっかく生れてきたのに。……できるだけ長いきしなくちゃ損じゃないの」

「お婆さんになって、よぼよぼして、みんなから邪魔がられるようになっても、やっぱり長いきがしたい？」

「邪魔になんかされるわけがありませんよ。子供や孫がみんな寄って大切にしてくれますよ」

「そうかしら。……」

悠紀子は皮肉な微笑をもらしたつもりだったが、そんなちいさな反抗は、美和子の強い自信の前には、風にふかれたしゃぼん玉のようにあっ気なく消えてしまった。長女と次女との、これは宿命的な相違であろうか……悠紀子はいつもそう思わずにはいられなかった。家の中の主権は母よりもむしろ姉の方が握っているくらいで、悠紀子の云い分は一つでも通ったためしがなかった。

生きている事に漠然とした不安や、疑惑など、美和子は一度も抱いた事がないようである。それが悠紀子にはふしぎであり、同時に羨ましくありそうしてまた心の底ではそういう美和子を軽蔑もしていた。

「姉さんはまるで修身の教科書のようだわ」

悠紀子は口に出してそう云ってみたが、

「それが一ばん正しいんじゃありませんか。悠紀ちゃんみたいに文学かぶれをして、自殺した青年がどうとか、煩悶《はんもん》が何とかいうのは立派な不良少女よ」

美和子はぴしりときめつけて、かえって悠紀子の顔を赧《あか》くさせた。

「ひどいわ、私が不良少女だなんて、いくら姉さんでも聞きずてにできないわ」

「あら怒ったの。怒ったところをみるとまだすっかり堕落もしていないのね」

「まあひどい！」

悠紀子は姉の前で涙なぞをこぼすものかと、一所懸命気張《きば》っているのに、見る見る眼の中が熱くなって、涙の玉のもりあがってくるのが自分にもよくわかり、そのために一そう口惜しかった。

「堕落だなんて！　いつ私が堕落しました。さあ、いつ堕落しました。証拠があるなら見せて頂戴」

「あってよ、ちゃんと。……あんた晋さんと握手したっていうじゃないの。あんたが自分でそう云ったんだから、これほどたしかな証拠はないじゃないの」

美和子は口のはたをゆがめて冷笑した。

「握手したって、そんな事、……」

と云いかけたが、悠紀子は言葉につまってしまった。あの時は、ほんとうに何の気もなく、相手のいうままに、子供の指きりとおなじ気持で手をのべたに過ぎなかったのだが、あとから晋から不信を責められたり、一郎に妙な笑い顔をされたりしてみると、やはり自分の過失であったとひそかに悔やまれてならないのである。美和子は悠紀子の一ばん痛いところを、容赦なくえぐったのであった。

「そらごらんなさい。ほんとうの事だから何にも云えないじゃないの」

黙りこんだ妹を見て、美和子はかさにかかってきた。

「だからあんたは堕落したっていうのよ。——一郎さんだって心配してよ、悠紀ちゃんは早熟だからあぶないって」

「一郎さんが？」

一郎の名を出されたのが、しょげ返った悠紀子の気持を、ばねがはね返えるように反抗させた。

「握手した事がそんなにいけないんなら、じゃ一郎さんと姉さんとはどうなの。——あたし知ってるわ。あたしだって一郎さんにきいたわ」

一郎のおしゃべり！　何でもかんでも美和子に話してしまうなら、私だって云ってやるから！　悠紀子はいつぞや銭函の海岸で、一郎と美和子とボンヤリ向きあって坐っていた時を、さも意味ありげに一郎からきかされたけれど、姉の名誉のためにそれは信じたくなかった。私の姉さんはそんな軽《か》る軽《が》るしい人じゃないと、悠紀子は心の中で首をふりながらきいていたのだが、何でもかんでも一郎一郎と、相沢一郎を信じ切っている姉の態度に、かげで何と云われているかも知らないでと、腹立しさがこみあげてくるのである。

「まあ、何を云うの悠紀ちゃん！」

美和子はさっと顔色をかえたが、

「いいわ、母さんにいいつけてあげるから、……」

袖で顔をおおって台所へはしっていったとおもうと、すぐ母の織江を呼んできたのであった。

「なんて意地がわるいのだろうね、この人は……」

織江はいそがしそうに、前かけのはしで手をふきながら出てきたが、

「いくらあんたがこの家のあととりにきまっているからって、いまから姉さんをいじめ出すような事をしたら、母さんが承知しませんよ」

いきなり思いもよらぬ事を云われて、悠紀子はボンヤリ母の顔を見つめるばかりであった。

「あたし、姉さんをいじめたりなんかしません」

姉さんの方こそ、ひとを堕落してるなんていじめたのにとくやしがったが、それを母に云ってみても、自分が叱られるばかりだという事はよくわかっていた。

「一郎さんとどうとかって、そんな人ぎきのわるい事を云わないで下さいよ。一郎さんとは父さんも母さんも承知でおつきあいをさせてあるのですからね。あなたのように、ちゃんときまった人があるのに、晋さんとべたべた手を握ったりするのとはちがいますよ。——まあほんとうに子供のようでもない、いやらしいったらありゃあしない」

たった一人の母親からまでそんな風に云われるのは、つき刺されるように悲しかったが、しかし悠紀子は母のそういう態度にももう馴《な》れてしまっていた。織江はふだんから美和子が可愛くてたまらないのに、その美和子をよそへお嫁にやって、悠紀子を家の跡とりにし、養子までもらってあるという事に、限りない不満を抱いているのであったが、夫にはいくらそれを訴えてみても反響がないので、いつか悠紀子の方へ憎しみがふりかかっていったのであった。

15

長女をお嫁にやって次女をあととりにするなんて、きいた事もないと、母親の主張はいつもそれであったが、第一の不平は、それ等《ら》の約束が、母親の知らないうちに定められてしまっていた事であった。五年前、郷里秋田の妹のところへ頼んでおいた老母が死去した折、妹に実子がなくて連合《つれあい》の本家の息子を養子にもらって育てていたが、その養子の嫁に美和子をもらいたいという話が出たのであった。そうすれば、叔母にとっては実の姪《めい》で、安心して老後をたのしめる訳である。その代り、野村の家へはおなじ本家から、叔母の家へもらった子の弟を、それは秀才でよそへはやれぬと大切にしている子だけれど、それをぜひもらって悠紀子とめあわせたらよかろうという事になったのであった。

そうしてもらえば、私も安心して眼をつぶれるという老母の願いに、親孝行の美和子たちの父親は、一も二もなく承諾して、早速話を取りきめて帰ってきた。万事きまってしまったあとからその話をきかされて、母親は唖然《あぜん》としたけれども、「お祖母さんの遺言だから」という金城鉄壁《きんじょうてっぺき》の前には、もはやどんな手段も及ばなかったのである。ただ義介というその子は、もらうにはもらったけれど、中学を卒業するまでは向うの親許《おやもと》にいる約束で、母にとってはそれがせめてもの慰めであった。そのうちには又何とか、悠紀子の方によい縁談でもあって、美和子が家に残るような事になるかもしれない。……義介は美和子より二つ年上で、美和子と結婚してもさしつかえない訳である。

会った事もない見た事もない義介という人との婚約に、自分は何の責任もないではないかと、悠紀子はそれが一ばんくやしかったが、織江や美和子が、まるで悠紀子がその婚約をよろこんででもいるようにあてこすりを云われたりするのは二重の負担であった。どうかすると悠紀子は、ふっと家を出て、遠いところへ行ってしまい、そのまま帰らなかったらと考える事がある。

16

秋の新学期がはじまった。

土屋先生はれいのとおりにこにこした笑顔で教壇に起《た》って出席をとる。吉田けい子は病気だといって学校へ出て来ない。どこの家の庭にも垣根にも、コスモスの淡い花が、ゆらゆらとゆらめきみだれて、白やうす紅やうす紫の花の上を、スイスイと赤とんぼが列をつくってとんでゆく。町を歩くと、どこからともなく林檎の匂いがし、ぶどうの匂いがただよってくる。藻岩のうら山では、やがてこくわの実が芳醇《ほうじゅん》な香をたてて熟するであろう。

相沢一郎はとうに東京へ帰り、杉山晋とは絶交状を出して以来一度も会わなかった。悠紀子は新学期がはじまりさえすれば何もかも新しくなり、夏休みのうちのいやな思い出も、残りなく洗い去られるであろうと待ったが、なぜか新学期になっても、あたまの上へ重苦しくかぶさってくるような、妙な気持はどうしてもとれなかった。日に日に空が高くなって空気の澄んでゆくのが、眼に見えてハッキリとし、町を歩くと身内がひきしまるようにきりっとするのだけれど、悠紀子は何となく勉強に身が入らなかった。

日曜日の朝であった。ゆうべ一晩じゅう、ガタガタと硝子《ガラス》窓が鳴って風が吹きやまなかったが、今朝起きてみると、庭はどこもかしこも落葉で一ぱいであった。まだほ名残《なご》りの黄ばみはじめたばかりの葉までが、もぎとられたように地面に散り敷いて、りの風にカサコソとうごいている。悠紀子の玄関傍の部屋の前に、一ぱい枝を張ったふるい楓の樹も、ほとんどその葉をふるい落してしまって、急にひろびろと空が明るく見える。悠紀子は机に頰杖《ほおづえ》をついて、硝子窓ごしにそとを見ていた。

七十八の祖父が、まだしゃんと腰をのばして、門のうちの落葉をはきよせている。さっと箒《ほうき》をあてるたびに、落葉がムクムクともりあがって、黒い土の上に清らかな箒目の残るのを、ああ美しいと思いながら眺めていると、不意にその箒目をみだして、背の高い青年がはいってきた。晋であった。

「……」

晋が祖父に向って何か云ったようであった。うなずいてそれをきいたらしい祖父は、やがて箒を持つ手をとめて、

「……………………」

云っている言葉は長かったが、悠紀子にはきこえなかった。ただ、親身の祖父にでも云われているように、うなだれてきいている晋の姿は、まともに悠紀子の眼にはいってきたが、晋はそれに気づかないのであろう。見る見る晋の眼に涙が浮んできて、

いまにもこぼれ落ちそうになったと思うと、彼は頬をあからめ、ひょこりとおじぎをして大いそぎで帰っていった。紺の香のたちそうな新しい久留米《くるめ》の着物に、おなじ羽織をかさねた坊ちゃんらしいうしろ姿が、しばらく悠紀子の眼の中に残って、何となく自分も涙ぐみそうな気持であった。此処《ここ》に自分がこうして見ていた事を、彼は知らないのだと思うと、何か胸がせまってくるのである。

祖父はやがて、掃きよせた落葉に火をつけてたきはじめた。しめっぽい、いぶったような落葉の匂いが、悠紀子の部屋の中にまでしのびやかにただよってきて、やわらかく悠紀子をつつんだ。その匂いをかぐと悠紀子はふと、ああこれですっかり済んだと思った。何が済んだのか自分でもよくわからなかったけれど、とにかく何か、一段落ついた心地がしたのである。ずるずるに尾をひいていた夏の名残りが、ぷつりと絶たれた気持であったかもしれない。——落葉を焼く煙の匂いは、しみじみと身にしみるような秋の匂いであった。

17

大風の一夜を境いにして、ぐっと深まった秋の色は、急に人々に冬仕度をいそがせた。殆《ほとん》ど毎年きまって十一月三日に初雪がふり、それから中頃にちらちらとふる日があり、そうして十一月の末か十二月の初めに降った雪はもう根雪《ねゆき》となってしまう。雪の上に雪がふり、その雪が凍《い》てついたり、吹雪《ふぶき》になったり、あくる年の三月がくるまで、人々はもう黒い地面を見る事ができない。根雪になる前に、冬ごもりの準備をすっかり調えねばならなかった。

門の前にもう一つ、板塀《いたべい》のようなものをつくって雪がこいをせねばならなかった。冬じゅうストオヴにたく薪《まき》を、二台も三台も買い入れて、物置にあふれた薪は、台所の軒下にいっぱい積みあげられる。まっしろな大根を牧草の小山のように積んだ馬車が毎日やって来て方々の家へ売りつけてゆく。キシキシとひしめくようにかたく葉をまいたキャベツのやまが、台所の隅にかさなり合い、みがき鰊《にしん》がごしごしと洗われる。大こんの水漬、キャベツの塩漬、それから鰊漬、なた漬、たくあんと、つぎからつぎへ重石《おもし》をのせた四斗樽《よんとだる》が、漬物小屋の中へならんでゆく。あまった野菜は土室《つちむろ》に貯え、土室のない家では台所の炉の下の土を掘って、そこへ大根も人じんもごぼうもしまっておく。

日のくれるのが早くなった。学校でお当番の掃除などしていると、帰りはもうあたりがうす暗くなりかけて、博物館の森の上に、幾羽となく烏《からす》の鳴きさわいでいるのが、ひどくさびしく胸にしみるのであった。道庁の池にはうす氷がはって、裸木のポプラのひょろひょろと立ちならんでいる上を、やはり烏が鳴きながら飛んでゆく。生花のお師匠さんの庭に、ただ一つ取り残された林檎の紅い実が、葉の枯れ落ちた梢《こずえ》高くぽつんと光っていたが、そのまわりにも烏は輪をえがいていた。何かあたりが漠として、烏だけが我もの顔に闊歩《かつぽ》しているようであった。

学校では、学期末の学芸会のお稽古《けいこ》が始まっていた。悠紀子は乙組の生徒と一しょに、土屋先生にえらばれて英語の対話に出る事になっていた。その人選は大てい投票できめるのだけれど、土屋壮吉はわざとみんなには知らせず、二人だけ教員室へ呼んできめたのである。

「ひとつ素晴らしいのをやって、みんなをびっくりさせてやりましょう」

何か計画があるらしくにこにこしてそう云ったが、どうやら文句を暗記したところで、

「今日はいいところへつれていってあげましょう」

土屋先生は二人を英国婦人の家へつれていって、発音の練習を頼んだのであった。その婦人は宣教師であった。暖かいストオヴの傍で、熱いお茶でもてなしながら、オールドミスの金髪の人は、しじゅう笑顔でちいさな生徒の発音をなおしてくれた。一週に一回ずつ、二人は先生につれられてその家へ行った。ほかの生徒がいるので、悠紀子は自分だけが先生と口をきく機会は一度もなかったけれど、しかし一週に一度、そうやって先生と学校以外のところへゆくという事だけで、もう充分愉《たの》しかった。――いつか根雪の季節になってしまって、宣教師の家からの帰りには、一間《いっけん》先きもよく見えない程、しんしんと雪のふっている夕暮れもあったが、そんな時でも先生と一しょに歩いていると、何処かに明るい灯がともっているように、道に迷わない心地がする。

学芸会はぶじに済んで悠紀子たちの対話は、当日第一の出来栄であったと校長先生にほめられた。新聞にも長い批評が出て、殊《こと》に野村嬢は云々《うんぬん》と書きたててあった。悠紀子はその批評をそっときりぬいて机のひきだしへしまっておいたが、今迄《いままで》出た事もない学芸会の批評などが、ひょっと新聞へ出たりしたのは、やはり土屋先生の考えなのではないかと思われた。

お正月の三日の晩であった。十二畳の居間の、真紅《しんく》に燃えたストオヴの前で、年賀状をよりわけていると、ふと美和子が眉をよせて、何処か外国の風景の絵葉書を、悠紀子の膝へ放うってよこした。

「これ誰なの？　英語で書いてあるけど男の人でしょう」

取りあげて読んでみたが、悠紀子にはまるで心当りがなかった。新年お目出度《めでと》う、貴下《きか》の健康を祝しますという事が英語で書いてあるだけで、差出人の所番地はなかった。

「エス、ヤマダなんて、私知らないわ」

同級生の中にも山田という生徒はいなかったし、しっかりしたペンの字はどうしても男の手蹟《しゆせき》のようであった。

「知らない人がどうして年賀状なんかよこすの」

「だって私知らないんですもの。どうしてだかわかりゃしないわ」

「ねえ、母さん、……」

と、美和子はすぐ母に云いつけるのだった。

「悠紀ちゃんのところへ、男の人から年賀状がきたのよ、英語の年賀状よ。それなのに悠紀ちゃんてば知らないっていうんですよ」

　朝の新聞をひろげたまま、うとうとよい気持そうに居睡《いねむ》っていた織江は、びっくりして眼をさました。

「いやだねえ。やっと晋さんの手紙が来なくなって安心だとおもったら、又べつの人からよこしたのかい」

「あたしほんとうに知らないのよ、母さん」

　と悠紀子はあわてて弁解した。

「それに、姉さんは男の人だっていうけど、名前が書いてないんですもの。男だか女だかわかりゃしないわ」

「男にきまってますよ。女の人ならちゃんと本名を書いてよこしますよ」

　そう云われればそうであった。だが自分がこんな人を知らない事もほんとうである。どうしてそれが姉さんや母さんにはわからないのだろうとじれったかった。

「男だって女だって、とにかく私は知らないんですもの」

「知らない人が年賀状なんかよこしますかって！」

　びしり！　とストオヴの中で薪のひびわれる音がする。そんなにも寒い晩なのである。くやし涙をじっとこらえていると、背すじの方からぞくぞく寒気がかたまって、音をたててぶつかってくるような心地がする。……おなじようにストオヴをたいていても、あの広い出窓のあるノートンさんの西洋間は暖かかったと、土屋先生につれていってもらった英国婦人の客間が、自然に思い出されてきた。——はっと悠紀子は気がついた。

「——とにかくね、知らない人からだって、男の人から手紙をもらったりするのは、あんたにすきがあるからですよ。あんたがしじゅう物欲しそうにきょときょとしているから、人がつけこむんですよ。姉さんをごらんなさい、そんないやらしい手紙をもらった事は一度もないじゃありませんか」

母の叱言《こごと》を上《うわ》の空《そら》にききながら、悠紀子は自分の考えを追っていた。——英語の年賀状をくれたのは、きっと新聞であの学芸会の批評をよんだ人にちがいない。とすれば又べつの人が、英語の手紙をくれないとも限らない。……

その通りであった。悠紀子は又翌日、知らぬ人から、おなじような英語の賀状をもらった。

18

毎日毎日雪が降った。

一月、二月——内地ではもう梅が咲いていると新聞に出て、母の生花《いけばな》の材料には、温室咲きらしい桃の枝が、途中でしなびてしまった蕾《つぼみ》をつけたまま、はるばる東京から運ばれる季節になったのに、軒の氷柱《つらら》は相変らず、鬼ケ島の硝子《ガラス》のすだれでも見るように、屋根から地面にとどくばかり、ドキドキとさがっている。

「ああ、いやだいやだ」

と、関西生れの織江は時々つぶやいた。

「いつになったら雪がとけるのだろうねえ。いま頃故郷にいると、青い籠をさげて摘み草にゆくのだけれど……」

母の独り言をきくと、悠紀子はいつも胸の先きが痛むように悲しかった。まったく、いつこの雪が消えるのかと、悠紀子も飽き飽きするのである。毛糸の角巻《かくまき》にすっぽりとからだをつつんで、毛足袋《けたび》を入れたオーバシュウズをはいて、毎朝学校へ行くのであったが、雪の深い朝は、一たん家を出てからまた、オーバシュウズを長靴にはきかえるため、いそいで途中から引返して来なければならない。そんな時悠紀子は、どうしてかひどく息切れがして、学校へ行ってからも一日じゅう、何となく胸苦しく落着かない事があった。「春になったら、……」と彼女は思った。「雪が消えたら、この胸苦しさもすっと消えてしまうにちがいない」

暮の学芸会の時、対話に持って出る風呂敷包みを、取りよせておいてくれるように頼んでおいたにもかかわらず、委員がすっかり忘れてしまったので、悠紀子はいよいよ出番になってから、自分で長い廊下を駈《か》けて教室まで行き、風呂敷包みをつかんで会場へ駈けもどった。咽喉《のど》がカラカラにかわいて、ああ、水が飲みたいと思ったが、最早《もは》やそれを人にいう時間もなく、悠紀子は息をはずませたまま舞台へ出てしまったので、対話は一切無我夢中であった。悠紀子はふだんものをいう時小首を傾ける癖があり、土屋先生にやかましく注意されて、やっと正しく首を据えるようになっていたのであるが、胸がドキドキして、声さえ思うように出なかった悠紀子は、舞台で倒れないのがせめてもの仕合せであった。

新聞の批評では、悠紀子の首を傾けた様子が可愛らしいと書いてあったが、それを読んだ時彼女はさびしかった。土屋先生は、とうとうあの癖はなおさなかったと思われたにちがいない。悠紀子は控室へ帰ってくると、入口のところで倒れてしまった。しかし土屋壮吉はそれを知らなかった。

その時の胸の動悸《どうき》が、いつまでも残っているような心地がする。知らない人から英語の手紙が来たといって、母に叱られた時も胸がドキドキして息が苦しかった。美和子と何か云い争っても、すぐ息切れがして苦しくなる。

「あんまり雪ばかり降るから、空気がたりなくなるのだわ」

ほんとうに、しょっちゅう空気が足りないような気がするのである。早く春になって、雪が消えたらと彼女は考える。「黒いしめった土の上に立って、胸一杯に深く息を吸いこんだなら、どんなにせいせいするだろう！　胸の中がすうすうと、薄荷《はっか》の風でも吹きぬけるように、さっぱりするにちがいない」

19

そうして、やっと春がきた。しかし悠紀子の胸苦しさは、雪と一しょに消えなかったばかりでなく、かえってはっきりした形をとってあらわれてきた。彼女は誰も気づかないあいだに肋膜《ろくまく》にかかっていたのである。

不幸はそればかりではなかった。この春女学校を卒業した美和子は、卒業すると同時に喀血《かっけつ》して床《とこ》に就《つ》いてしまった。

「母さんは、何にもわるい事をしたおぼえはないのに、どうしてこんなに不仕合せなのだか、……一どきに二人まで、人にきらわれるような厭《いや》な病気にかかるなんて」

袖口からじゅばんの袖をひき出して眼頭《めがしら》をおさえていた織江は、そのうち気を取りなおして、せっせと、二人のために働き出した。最初の一ト月《ひ》は悠紀子の方が危篤《きとく》であった。その次の一ト月《つき》は美和子の病状がすすんでいった。奥の二タ間つづきの八畳をめいめいの病室にあてがって、織江は毎朝掃除のあとには霧ふきで石炭酸を部屋中にふりまいた。毎日ひらめのかまぼこをこしらえ、お夕飯に鶏とかまぼこと筍《たけのこ》や缶詰の松茸《まったけ》など入れた茶碗むしを、かならずこしらえた。お医者さんが、毎日茶碗むしをたべさせるとよいと云ったからである。

「独活《うど》の酢味噌がたべたいんだけど、……ねえ母さん、たべちゃいけない？」

ようやく熱がさがって、恢復期《かいふく》に向ってきた悠紀子は、毎日毎日きまりきった茶碗むしとおさしみのお膳を見ると、見ただけでもう胸が一ぱいになり、ちいさなお茶碗に軽くよそった一ぜんのお粥《かゆ》が、どうしても咽喉をとおりかねた。ピリッとわさびのきいたおすしがたべたい、それが駄目ならせめて独活の酢みそでもよい。……

しかし酢のものは薬にさわるというので、お医者はかたく禁じている。わさびなどはもってのほかである。病人は毎日牛乳を三合と生卵を十二個たべなくてはならない。それが滋養食であった。その滋養物を摂《と》らなければ、死んでしまうと信じられていた。

「知りませんよ母さんは。死んだって知りませんよ」

毎日手をつけずにさげられる牛乳と鶏卵《けいらん》を見るたび、織江はそう云って怒ったけれど、悠紀子にはどうしてもその生鶏卵と牛乳が飲めなかった。ああ、食事のたび毎《ごと》に四つの生鶏卵と牛乳！　悠紀子はそれをたべるよりも死んだ方がましだと思う。だが姉の美和子は忠実にそれを摂って、だんだん胃が弱っていった。

「知りませんよ母さんは。死んだって知りませんよ」

織江はいく度か念をおした末、到頭《とうとう》根まけして独活の酢みそをつくってくれた。染付のお皿の上へ、ほんのちょっぴり、まるで貴重な薬品のようについてきたが、まったくそれは得がたい貴重薬とおなじほどの効目を、悠紀子の上にもたらした。彼女はそのたった一皿の酢みそのおかずで、すっかり忘れていた食慾《しょくよく》を完全に取り戻したのである。

ある日の午後、ふと思いがけない級友が病気見舞に来た。学校ではあまり口をきいた事もない人なので、どうして来てくれたのかと訝《いぶか》しかったが、しかし友達に飢えていた悠紀子にはその思いがけない訪問がうれしかった。

「ずっとこっちの方へおはいりになって頂戴。……ほんとうによく入《い》らしてくだすったわね」

悠紀子は精一杯もてなしたかった。三年に進級して、三日出席しただけでずうっと学校を休んでいる。ききたい事がありすぎて何にも云えない。……だが友だちは部屋の入口にかたくなって坐ったまま、こわそうに遠くから悠紀子の様子を見ていた。ああ、傍へ来て伝染《うつ》るといけないと思って、遠くに坐っているのだなと気がついて、悠紀子は寒い風に吹かれたように肩をすぼめた。

「お加減はどう？」

「ええ。ありがとう」

悠紀子は友禅《ゆうぜん》の布団の上にのせた自分の手を、眺めるともなく眺めていた。その手に蒼く静脈が浮いて、まるで他人のもののように不気味に見える。——友だちもしばらくだまってその手に視線をすえていたが、やがてつばをのみこむようにして、注意深く悠紀子の顔に眼をうつしながら云った。

「けい子さんのこと、知ってる?」

「いいえ、……」

友だちの眼には何かひやりとさせるものがあり、わるい報告なのだとすぐ感じた。そうでなくても、けい子ときいただけで、悠紀子の胸はもうどきんとしている。

「私なんにも知らないわ。……知る筈《はず》がないじゃないの」

「あのね、けい子さんの手紙が新聞に出たんですよ」

「手紙って?」

「ほら、あの、去年の夏休みに川原さんとかへあげたお手紙……」

土屋先生がついているのに、それはまたどうした事だろうと悠紀子は茫然とした。吉田けい子は去年の秋、二学期の終り近くなってからようやく学校へ出てきたが、もう悠紀子とはお互に口をききもしなかった。べつに新しい友だちをこしらえて、その友だちに何でも打明け、けい子の云った事は又その友だちの口から大げさに級友のあいだに伝わった。みんなはけい子を軽蔑しながらやはりその行動に興味を持って、聞き耳をたてるのである。けい子は胸が痛いと云ったり、頭が痛いと云ったりした。「私のお母さんは肺病で死んだのよ」と云って、自分もよく胸をおさえていた。突然、前髪を大きくとった桃割《ももわれ》に結って、顔ばかり真白に白粉《おしろい》をぬって学校へ出てくる。よく遅刻するので、先生にたずねられると、

「お湯にいっていました」とすまして答えるのである。

歩くたびにゆらゆらと揺れるような、大きな桃割、まるで雛妓の結うようなその髪が、悠紀子は気になってならなかったが、思い切ってそばへ寄って忠告しようとすると、けい子はすっと身をかわして何処《どこ》かへいなくなってしまう。……けい子の新しい友だちが、「川原が日本髪を好きなものですから」と、けい子の云ったとおり、身振りまでまねてみんなに吹聴《ふいちょう》しているのを見てから、一そうそのあたまとお化粧が気になり、いつもチクチクと胸を刺されるようであったが、しかし悠紀子は、土屋先生がいらっしゃる、と考えて自分の胸をしずめていた。何もかも土屋先生がよくしてくださるにちがいない、自分は他人の世話よりも、ただ一すじに自分の勉強さえしていればよい。……

20

「だって、……」

と、悠紀子は咽喉《のど》がかれるような気持で云った。「けい子さんの事は土屋先生がひきうけていたのじゃない?」

「ええそうよ、そうだったのよ」

友だちは勢づいてしゃべり出した。

「けい子さんは土屋先生にいろいろ云われてから、すっかり変ってしまったわねえ。ほら、去年の秋、寄宿舎に入れられた頃とても真面目になっちまったでしょう」

無暗《むやみ》におしゃれをしていたけい子は、又突然なりもふりもかまわなくなり、おしゃべりも一切やめて陰鬱《いんうつ》な少女になった。土屋壮吉が涙を流して忠告したので、心を入れかえたのだという噂であった。けい子は寄宿舎にはいった。だが一週間ばかりですぐそこを出てしまった。口やかましい級友たちは、毎晩けい子の部屋のまわりを、男の人がうろついて物騒なので退舎させたのだと噂しあった。

「あの時分ね。けい子さんはその川原さんとかいう人へ、もう御交際を絶ちますって云ってやったんですって。そうしたらその男の人がひどく怒って、もう一ぺんもとのようにならなければ、けい子さんの手紙を新聞に出すって云ったんですって。でもけい子さんは、出すなら出してもいいって返事したんですってよ」

友だちはいつのまにか悠紀子の枕許《まくらもと》へにじり寄ってきて、ちいさな風呂敷包みから、ちいさくたたんだ新聞を取り出して悠紀子にわたした。

「それゃひどい手紙よ。あなたと結婚する時を待っていますなんて書いてあるのよ」

友だちはそういいながら、頬を赧《あか》らめた。

「女学生の手紙」という題のそれは、一信から六信まであった。どれもこれも不如帰《ほととぎす》の浪子を気取ったもので、自分の母親は肺病で死んだとか、まま母がつらくあたるとか、妹はまま母の気に入っているとか、許嫁《いいなずけ》の人に死に別れたとか、全部小説の中から借りてきたような事ばかりで、べつに珍しくもなかったが、ふっと悠紀子という字がひらめいたように思って、眼をこらすと、それはやはり自分の事にちがいなかった。

……私は悠紀子様のように天才のある、チャーミングなお方とちがいますもの、いつ捨てられるかわからないとおもいますと、——

「そうしてね、けい子さんのお母さんほんとはまま母でも何でもないんですって」

友だちは悠紀子が新聞を読み終るまももどかしく話かけてくる。

「まあ、ずいぶんね」

悠紀子は合づちを打ちながら、しかし胸がドキドキして、耳たぶの赧らんでくるのが自分にもよくわかった。この友だちの珍らしい訪問がやっと飲みこめてきたのである。この新聞を読んだ人たちは凡《すべ》て、悠紀子もけい子とおなじように、川原某を男と知りつつ交際していたのだと思うにちがいなかった。それればかりではない、悠紀子とけい子がその青年をあいだにはさんで、醜い争いをしたというような、まったく思いもよらぬ噂までが、いまは全部事実としてみんなに信じられるにちがいなかった。——だが悠紀子にはその誤解を、どうして釈明すればよいかわからない。手段は一つもないのである。ただ黙って、……時節のくるまで黙って忍ぶよりしかたがなかった。

「それでね、……」

と、友だちは悠紀子の気持を考えてなんぞいなかった。「けい子さんは退学になったんですよ。はじめのうち土屋先生がね、浪子よりでは誰だかわからないし、それにけい子さんはこの頃ずいぶん真面目になったでしょう、それなのに退学なぞさせては可哀そうだって、職員会議でとても頑張ったんだけど、けい子さんから私達の組へ、組の名誉を傷付けて申訳がないってお詫びの手紙がきたものだから、それであのかえって、けい子さんだという事がはっきりして、到頭《とうとう》退学になってしまったのよ。それから、……」

と云いかけて、友だちは不意に口をつぐんで、そっと悠紀子の方を眺めた。

「それから?」

と悠紀子はおうむ返しにたずねた。

「ええ、あの何でもない事なんですけど、……あなた気をわるくなさらないでね、あのね、あなたの事無期停学だと云っている人があるのよ」

悠紀子はからだじゅうがかっと熱くなった。

「そんなこと嘘よね、嘘ね」

と、友だちは赧くなった悠紀子を見ると、あわてて取り消すように云った。「気にかけないでね。ただね、あなたがあれきり学校へ出てこないでしょう、だから、……」

まったくそう釈《と》られても仕方のない立場に悠紀子は置かれたのである。こんな時に病気になるなぞ、運がわるいとよりほかにいいようもない。あんな手紙を読んだ人たちが、久しく欠席している悠紀子を、停学だと思うのは無理もなかった。そうしていま、悠紀子がほんとうに病気で休んでいる事がわかったところで、やはり停学になったという最初の考えは変えないにちがいない。病気もほんとうだし、停学もほんとうだと思うであろう。

「明日、学校へ行ってやるわ」

悠紀子は友だちの帰ったあと、そこに残った座布団《ざぶとん》をにらみながら、そこに級友の全部の顔がならんでいるように睨《にら》みながら、声に出してそう云った。

「きっと行ってやる、そうしてみんなに嘘だという事をわからせてやる」

だが、噂はもう既にたってしまったのである。それを当の本人が弁解してみたところで、人々はすぐに容易《たやす》く信じてくれるものだろうか。……それくらいなら、そんな噂もはじめからたたなかったに相違ないのだ。

いきりたった悠紀子の気持は、やがてまた足の先きから水に浸るように、静かに沈んでいった。そういう噂の前に、本人の弁解なぞは何の役にもたちはしない。それはかえってもう一度人々の話題を賑《にぎ》わすに過ぎない。我慢するのだ、我慢するのだ。……

悠紀子は歯をくいしばり、ふるえながら寝返りを打った。するとその床の間の一隅に、いつ運ばれてきたのであろう、大きな桜の枝の花瓶一ぱいに挿されてあるのが、ぱっと眼にはいった。

ぎらぎらと涙の浮んだ眼に、その大らかな花は最初もやもやと霞《かす》んで、とおく一朶《いちだ》の雲のように映ったのであった。悠紀子はそれが桜の花だとは、ちょっとのあいだ気が付かなかった。桜の花はいつも高い枝に咲いているのを、ふり仰いで見るものだと思っていたのである。それが手折《たお》られて、こんな身近なところに挿されてあるのを見るのは、初めての事であった。悠紀子はちいさい時から桜の花が好きであったが、近くで見てもこの花はやはり美しいのだと、新しい発見をした。

悠紀子は友達の伝えてくれた噂を、くり返し心の底に味った。それは苦しかった。だがそれは悠紀子に一つの事を悟らせた。人の心は悠紀子がいままで考えていたよりも、もっともっと冷酷なものだという一事である。自分が病気をしているために、弱々しい甘えた気持でいた事の、どんなに大きなまちがいであったろう。人は他人の病気について、決して寛大なものではない。

誰に何とそしられようとかまわない。自分の事は何もかも土屋先生が知っていてくださるのだ。それで充分ではないか。自分は誰からも愛される草花のような女にはならなくともよい、むしろ誰からも離れて、たった一本、山の頂《いただ》きに咲いている桜の花のような女になろう。……

安心して、やっと悠紀子は眠った。

21

それから一《ひ》ト月《つき》ほど経って、悠紀子はまた新しい訪問を受けた。まったく思いがけないそれは小学校時代の同級生で、学校を出てからは一度も会った事のない友だちである。

「御病気だってきいたものですから、前からお見舞にあがりたいとおもっていたんですけどね。なかなかお暇がいただけなかったので……」

三年ぶりで顔をあわせた友だちは、すっかり大人びて、小ざっぱりした紡績の絣《かすり》の着物に、紅いメリンスの帯をきっちりと結びあげている。以前から丸顔の可愛らしい子であったが、今はその頰が水蜜桃《すいみつとう》のように粉をふいて、芸者にでもなったのかしらと、悠紀子はあまりの美しさにびっくりした。

「あの、もうお起きになってよろしいんですか」

言葉までが大人らしくなっていて、悠紀子はずっと年上の人の前に出たような心地がする。ようやく床を離れた悠紀子は、その友だちを迎えて庭に面した窓際に坐っていたが、何にも話がないので、黄八丈《きはちじよう》の上にかさねた紫の羽織の紐《ひも》を、といたり結んだりしながらただ微笑を浮べていた。

「ずいぶんお久しぶりね。……どうしていらして?」

「ええ、私ね。うちがあんなだものですから、去年から学校をやめて、奉公にあがっておりましたんですよ」

「まあ、……」

と云ったきり、そんな時どういう挨拶《あいさつ》をすればよいのか、悠紀子にはうまい言葉が浮ばない。しかし友だちはこだわりなく、自分で話の先きをつづけた。

「それがね、杉山さんへあがっておりましたの、御存じでしょう、あの、裏の杉山さんですの」

「まあ、……」

ともう一度、悠紀子は口をあいたきりであった。

「晋坊ちゃま、よくこちらへお遊びにいらしたでしょう」

それでは去年の夏、晋が遊びにきていた頃、この友だちはもうあの家にいたのかときいてみるよりさきに、友だちの方で云うのである。

「ええ、……」

と悠紀子はすこし極《きま》りのわるい顔をした。

「悠紀子さん悠紀子さんて、明けても暮れても悠紀子さんで大へんだったんでございますよ。私が悠紀子さんを知ってるって申しましたら、お前なんか悠紀子さんと同級生だなんて、生意気だぞって仰有《おつしや》るんですの。だってほんとうの事なんですもの。ねえ、かまわないじゃありませんか」

「ずいぶんね。……そんな事をいう人の方こそ生意気だわ」

「そうでしょう。それなのに奥さままで晋さんの肩をお持ちになるんでございますよ。

いいえはっきりとそう仰有ったわけじゃございませんけど、あの、悠紀子さんは晋のお嫁さんに頂く事にきまっているのだから、あんまりいろいろな事を云わないようにって……」

悠紀子はおさえようのない頬のほてりを感じ、のんきであった自分の過去の行動の、そののんきさの責めをいま負わされているのだと痛切に感じた。

「こんな事伺うの失礼ですけれど、……」

友だちはちょっと居ずまいをなおして、あらたまった顔になった。

「ええ、何ですの?」

と、つりこまれて悠紀子も顔をひきしめた。

「あの、悠紀子さんはほんとうに晋さんのところへおかたづきになるのでしょうか」

「いいえ?」

悠紀子は激しく首をふり、強く否定したが、それでもまだ云いたらぬような心地がした。

「そんな事ありませんわ、そんな事は、……絶対にありませんわ」

「そうですか、……」

と、この善良そうな美しい友だちは、ひそかに吻《ほっ》と息をついたようであった。

「それじゃ思い切ってお話しますけど、あの晋さんというお方は、根は親切ないい人なんですけど、ただ意志が弱くって、……つまり情慾《じょうよく》に負けやすいのでしょう。私たち、ですからやすみます時はいつも襖《ふすま》にしんばり棒をして寝るんですの」

何の事か、悠紀子にはすぐ飲みこめなかった。

「なぜ?」

て、悠紀子は思わず問い返した。

「だって乱暴をなさるんですもの、……昼間だって油断ができやしませんわ。いつかも私お風呂の下をたきつけておりましたら、そこへ晋さんがいらっして、……お湯殿《ゆどの》は離れておりますでしょう、すこし位大きな声を出したって聞えやしませんの。それであのそんな乱暴をなすって、そのあとで仰有るんですよ、こんな事があったからって、僕がお前を愛していると思ったらまちがいだぞ、貴様なんか虫けらみたいなものなんだぞって、……」

友だちはその時を思い出したように、つぶらな大きな眼に、うっすりと涙を浮べた。

「あんまり口惜しかったから私もつっかかってゆきましたの。虫けら同然のものになぜこんないたずらをなすったのですって怒りましたら、虫けらだからどんな事をしてもいいのだって。僕の奥さんは悠紀子さんにきまっているのだから、貴様なんかが望外の望みを持ったら殺してしまうぞって。……いくら何でもあんまりじゃございませんか」

悠紀子は答える言葉もなく、庭の方へ視線をそらした。友だちの顔を正視するのはあまりに痛々しく、同時に何か潔癖な気持がそういう友だちから顔をそむけさせるのである。

朝からおだやかにくもっていた空は、知らぬまに細い雨になっている。咲き残った梨の花びらの一きわ白く冴えているのは、霧のような雨の雫《しずく》に濡れたせいである。黒い土は一そう黒く、しめじめとうるんでいる。ふと悠紀子は去年のちょうど今頃、やはりこんなやわらかな雨の日に、紺蛇《じゃ》の目《め》の傘をかたげて学校へ行く途中、ふっと小石につまずいたような気がして立ちどまると、一尺近くもあるような大きなみみずが、足駄《あしだ》の歯にからまって、ぶつんとまん中から切れていた事をおもい出した。

黒々としめった土の上に、うす汚れた肉いろの人の肌をむきだしにしたような生々しいみみずの、まん中から切れてもまだぴくぴくと動いている様子が、しばらく眼についてはなれなかったが、いままた不意におもい出すと、悠紀子は何か胸もとにくさった激しい臭気がこみあげてくるようで、思わず口をおさえた。

22

「あ、どうかなさいましたの？」

友だちは眼ざとく神経を働かせて、ちょっと腰を浮かせた。その動作のいかにも身について小間使《こまづか》いらしいのが、ふと涙のこみあげる程、悠紀子には悲しかった。

「勝手なことばかり申しあげて、……御気分がおわるいのじゃございません？」

「いいえ。何んでもないんです」

悠紀子は友だちの方へ向きなおると、今度は自分から話をうながした。そうしなくては、この友だちに気の毒すぎるような気がしたのである。

「それで、そんな事あのお母さんはご存知ないの？」

「いいえ」

と、友だちはちょっと横を向いて、ハンケチで眼がしらをぬぐってから、

「奥様はもうよく知っておいでになるんですの。でもやっぱり御自分の息子さんの方が可愛いのでしょう、私の事なんか、まるで私から晋さんを誘惑でもしたように、そんな風に皮肉をおいいになるんですもの」

「クリスチャンなのでしょう?」

「ええ。でもそんな事はべつですわ。私だけが罪人だとおもっていらっしゃるんです」

悠紀子はただため息をつくばかりであった。

「親にだってこんな事は云えませんでしょう。ですから私がおひまをもらうっていいましたらびっくりして、あんないいお邸《やしき》から出るなんて、そんな我儘《わがまま》な奴は薄野《すすきの》へたき売ってしまうからそう思えって、私の父は伯楽でしょう、酔うととても気があらくなるんですのよ」

薄野というのは町の遊廓である。悠紀子はふるい小説などでよくそういう親の話を読んだが、実際そういう事があろうとは信じられなかった。

「気を大きく持ってらっしゃいね。そのうちにお父さまもきっとわかってくださるとおもうわ」

悠紀子はそう云って慰めながら、友だちを玄関へ送り出してしまうと、何という事もなく応接間へはいって、しばらく椅子に腰をかけてぼんやりしていた。

「あら、とうとう降ってまいりましたのね」

玄関を出しなに振りかえってそう云った友だちの声は何の屈たくもなさそうであった。鬱積《うっせき》していた事をみんなしゃべって、気がせいせいしたのかも知れない。

だが、聞かされた悠紀子の方は、なぜ自分がそういう話をきかされねばならないのかと腹立しい。晋の事はあの野分《のわき》の朝の落葉の煙と一しょに、みんな消えてしまったつもりでいたのに、思いがけないいま時、また新しく思い出させられたのが不快であった。

友だちは晋を好いているのであろう。しかしそれを自分がどうしてあげることができるのだろう。……いつか本降りになってきた雨の音を耳にしながら、悠紀子は寝床の上へかえるのもおっくうな気持で、冷たい皮椅子の上にぼんやり腰かけていた。

23

ばりばりばり、……ばしばしばし、——すさまじい勢いで雨が庇《ひさし》をたたいている。あ、これは大変な洪水だ、逃げなくっちゃと悠紀子は思った。

逃げなくっちゃと思ったとたん、はっと眼がさめた。——ぱちぱちぱち、ぱちぱちぱち。爆竹でもたくような激しい物音が、すぐ耳のそばでしている。ああ、洪水ではなかったのかと、ぼんやり見あげたあたまの上へ、真紅な焔《ほのお》のかたまりが、まるで泉のしぶくように、ぱっとふきあがって、その焔の中から又一そう紅い火が、ほそいリボンのたなびくように、ひらひらとひらめいた。

火事だ、——と気がつくまで、悠紀子は非常に長いあいだ、じっとその火に見惚れていた、と思った。だが実際には、焔を見ると同時にとびあがって、いそいで傍にぬぎすてた着物を着ようとしたのだった。花もようのメリンスのひとえにメリンスの帯。——

自分では落着いているつもりなのに、がちがちと手がふるえて、どうしても帯が結べない。そのうちにも、ぱちぱちという音は、めりめりと物のくだけるような響《ひびき》に変って、ふきこむ焔はどっと又大きくなった。誰もいないのかしら、——と見廻す十二畳と八畳と二タ間つづいた部屋の中は人影もなく、母の寝床も、姉のベッドも、はね返された掛蒲団の裏ばかりが、冷たいようにしらじらとしていた。あかりの消えた吊《つ》りらんぷが、ひっそりと天井からさがっている。焔の色で、たいまつに照らされたように明るい部屋に、火の消えたらんぷのさがっているのが、一瞬、沁《し》みいるようにしんかんとした感じだった。

何と思ったか、悠紀子は一たん着た単衣《ひとえ》をぬいで、ねまきの浴衣《ゆかた》に細ひもを結ぶと、ぬいだ着物と帯をかかえて、一散にはしり出した。子供の時分、野原で遊び呆《ほう》けて日が暮れて、お化けが出はしまいかと、追われるように走って帰る気持であった。八畳の縁側から飛降りると、一ト《ひ》息《いき》に中庭を横切って、土蔵のうしろまで駆けていった。

うちじゅうの者がそこに集っていた。吻《ほ》っとした気持でうしろをふり返ると、あたまの上の焔を見たのは、ほんの一瞬前の事とおもうのに、最早《もは》や火はあますところなくまわって、家全体の骨組が、紅いビーズ玉でつづったように、イルミネーションで描いたように、くっきりと美しく、暗い夜空の下に浮んでいる。

這《は》うような煙の渦が、すぐと土蔵の方へも吹きつけてきた。消防夫がはしってきて垣根をやぶって皆を隣の庭へ逃した。隣のお庭は千坪ほどもあるひろい牡丹《ぼたん》畑で、青い毛氈《もうせん》をしいたように、花の下は一面の芝生であった。素足のうらにヒヤリと冷めたい芝をふんで、悠紀子たちは仮装行列のように、ぞろぞろとつながって逃げていった。

実におかしな風体である。二人の女中は白い肌じゅばんに赤い湯文字《ゆもじ》をしめたままである。ちいさな書生は綿のふくふくとはいったべんけいじまの丹前《たんぜん》を、奴凧《やっこだこ》のようにピンと着ている。悠紀子たちの義理の甥《おい》の十二三の少年は、一糸まとわぬ素裸で、スタスタと歩いてくる。誰も彼も手ぶらでぽかんと歩いてゆく中に、たった一人、秋田の田舎から出てきている叔母だけが、舌切雀《したきりすずめ》のお婆さんのように、自分の荷物のちいさな行李《こうり》を、後生大事に背負っていて、それが一層おかしかった。

姉の美和子は、黄八丈のねまきに、紫のお召《めし》の羽織をかさねて、一《ひ》トあし一トあしふみしめるように、母の肩にすがって歩いていた。もう三日とは保つまいと、今朝到《とう》頭《とう》お医者から宣告されたところで、細いうなじはいまにも折れそうに痛々しい。誰が持ってきたのか、白い鼻緒の男の草履《ぞうり》を素足に重たげにはいている。――「まあほんとうに、……まあほんとうに」と、わけのわからない事を口走って、ほろほろと涙をこぼしながら歩いてゆく織江を、「母さん！」と美和子は時々しゃんとした声でたしなめた。

「見っともないわ、母さん！」

24

ひろい芝生はいつかだらだらと傾斜になって、降りたところに小ぢんまりと藤棚をあしらった池があった。ぞろぞろとみんなが其処《そこ》を通りすぎたとたん、うしろで激しく叫ぶような声がきこえた。

「このわらし！　こんつくたら火を出したのはお前にちがいない。さア死ね！　死んで詫びしれ！」

行李を背負った叔母が、素裸の少年を池へつき落し、あがろうとするのを又つき落しているのである。

「さア死ね！　死ねってば！　早く死なねかこの餓鬼《がき》！」

明るい火あかりの中で、それは一瞬遠い舞台の何かのように、遠く悠紀子の心にう

つった。が、愕然《がくぜん》とわれに返ると、

「あぶないっ、……叔母さん」

精一杯の声で叫びながら駈《か》け出した。

大きい方の書生の青木さんが、やはり何か叫びながら走ってきて、舌切雀のお婆さんをつきとばし、池の中から少年を助けあげた。素裸の少年は、雫だらけでぶるぶるとふるえている。

「我慢しなさい。我慢しなさい。……あんたがわるいのだから仕方がない」

親切な青木さんは、ピタピタと掌《てのひら》で濡れた肌をたたいてやりながら、しきりに何か云っている。その青木さんもシャツ一枚の妙ななりで、火の粉をかぶったあたまの毛が、半分ばかりちりちりとちぢれていた。——見ていて悠紀子は何もかもおかしくなり、思わずぷうっとふき出した。

「笑いごとじゃありませんぞ！」

と、青木は眼をすえて悠紀子の方へつめよった。

「こんな際に笑うなんて！　悠紀子さん、あんたという人は実に、……」

思わずにぎりしめたこぶしを、青木は気がついて下へおろした。——実に、どうしたっていうの。ぴたりと笑いをやめた悠紀子の眼は、冷やかに取りすましてじっと相手を見た。悠紀子は土蔵のうしろで着物を着更《きが》え、帯もきちんと昼間のとおりに結んでいた。

「実に冷酷な人です」

云うなり青木は、バラバラとこぼれた涙を、にぎりこぶしで払うようにひっこすった。

25

叔母が想像したように、火はやはり裸の少年が過《あや》まって出したのであった。八月半ばの炎天つづきで、柾葺《まさぶ》き屋根の家は、まるでたきつけのようにメラメラと燃えてしまった。隣近所十一軒ばかりも焼いて、悠紀子の父はあおくなっていた。

開拓使以来一度も火事にあった事がないという場所で、誰もそんな心の準備がなかった。塵《ちり》っぱひとつとよく云うけれど、ほんとうに悠紀子の家では箸一本持って出た者がない。文字どおりの丸焼けだったが、ただ土蔵《どぞう》がひとつ残ったために、近所の人たちから恨まれた。焼あとから出た金ぐさりを、人夫が悠紀子の家へとどけてくれると、伝えきいてそれは自分の家のだと云ってくる人があったりした。

「父さんが不信心だから、それでこんな罰《ばち》があたったのだよ」

と、織江は一日のうちに何べんかそれを云った。

「お祖父さんの生きているうちはほんとによかったけれど……」

「だまりなさい」

父は老眼鏡の奥からじろりと睨《にら》んで、またパチパチとそろばんをはじき出す。だが母はだまらない。

「お祖父さんが死ぬとすぐ三子も死んだし、……目星《めぼし》のある犬が死ぬとよくないって、ほんとだよ。三子は姉さんの病気をしょっていってくれたんだと思ってよろこんでいたけれど、やっぱり姉さんも駄目だと云われるしねえ」

悠紀子が御飯のおかずに独活《うど》の酢みそをたべたがった時から一年経って、あれ以来悠紀子はめきめきとよくなり、いまでは殆《ほとん》ど健康体に戻ったのにひきかえて、美和子の方はだんだんと弱るばかりだった。それでも一年間の絶対安静が効を奏して、この春あたりからぽつぽつと元気が出、一時は裁板《たちいた》の前に坐って好きな裁縫をするくらい恢復《かいふく》していたのに、ふっと魔がさしたようにお祭の日に友達と戸外へ出て、うかうかと見世物小屋の前の雑沓《ざっとう》の中を歩いてきてから、がくっとわるくなってしまった。いよいよ駄目と宣告された日、母の織江は人に教えられて、豊平の法華寺《ほっけじ》まで飛んでいって御祈禱《ごきとう》をあげてもらった。祭壇の上へあげたお蠟燭《ろうそく》の灯が、途中で消えれば寿命のないもの、あかあかとともっていれば助かるものときかされたが、どうしたはずみか一本が横に倒れて、ぱっと燃えあがったので、美和子の命は取りとめるとよろこんで帰ってきた。

「いまから思うと、あれは今晩うちが焼けるっていうお告げだったのに。それがわからないんだからなさけないねえ」

お祖父さんが生きていてくれたら、そんな事もすぐ占ってもらったのにという母のくり言を、うるさ気にきいている父も、心ひそかに何か手頼《たよ》るべきものを失った心地らしかった。この二月、八十歳で亡くなった母の父親は、淡路《あわじ》浄《じょう》るりに凝って祖先伝来の田畑を失った気楽人で、娘の縁家《えんか》先きへかかりうどになっても、何一つ不平がましい顔をした事がなく、もちろん親風を吹かせる事もなく、毎晩一本のおしきせに陶然として、炉のそばで冬も額に汗を流しながら義太夫《ぎだゆう》を一段語って、それからきげんよく寝るのであったが、朝は誰よりも早く起きて東に向ってようやくのぼりかけた太陽を拝み、井戸の神様や竈《かまど》の神様も拝み、家へはいって神棚の前で、一時間ばかりもパンパンと威勢のいいかしわ手の音をきかせながら、のりとをあげるのがきまりであった。

天下泰平、家内安全、無病息災、どろぼうにはいられぬように、火事にあわないように、あらゆる災難からのがれるように祈ってくれるので、家中の者は祖父のそののりとをきいていると、毎日何がなし安心するのであった。それに祖父はうらないがうまくて、失《う》せものとか待ち人とか、そんなものはすぐあてた。そういう点で家の者はまた一そう深く祖父に信頼していた。

父はうらないとか方角とかそういう迷信をきらっていたけれど、祖父ののりとについては一度も文句を云った事がない。万事科学的に生きてゆこうとする父の心にも、やはり一抹の不安はかげっていたのであろう。祖父が死んで以来、姉の病気が絶望的なものとなり、いままたあまりに思いがけない大きな災難に出あって、茫然と手を束《つか》ねる気持のように見えた。

「あの晩はとても蒸しあつくて、なかなか眠れなかったでしょう。でも十二時すぎになって、やっとうとうとしたと思ったら、不意にお祖父さんの顔がぽうっと浮んでねえ、何か云いたそうに私の方へよってくるので、ああお祖父さんと云ったら、自分のその声ではっと眼がさめたの。何だか変な気がしたから、母さんを起して、いまお祖父さんがきたわって云おうとしたら、とたんに母さんがむくむくと起きて、だまって応接間の方へ出てゆくじゃないの……」

辛《かろ》うじて焼けのこった土蔵前の離れの六畳を、急の病室にした美和子は、早速《さっそく》駆けつけた以前の女中に、火事の晩の話をしてきかせるのだった。その枕の上では、カンカンとやかましく大工の音がしている。病院へ入れたらとみんなは思い、本人も入院したがったが、途中で死んでしまうと、お医者は受付けてくれなかった。

「あたしね、妙だなアとおもいながら、あついから枕もとの団扇《うちわ》をとって胸をあおごうとしたら、母さんが気ちがいみたいな声で、火事ですようって叫んだの」

いま町中の宿屋に奉公しているその女中は、馴れた手つきで美和子の額の汗をふいてやりながら、人のよさそうな眼にうすく涙を浮べてきいている。

「あたし寝台を飛びおりてね。何にしても日記帳と通い帳とを出さなくちゃと思って、たんすの小ひきだしに鍵をあてがったんだけど、手がふるえてどうしてもうまくはいらないのよ。大へんだ、大へんだと思いながらがじがじやってたら、もうそのうちに、ちらちらっと火が見えてきたのよ。それで何もかもあきらめて逃げたの」

瀕死の病人が、だれの肩にもすがらず庭のすみまで逃げていった事に、驚かない者はなかったが、そういう非常の際にも、日記や通い帳を出そうとする心の落着きがあったのかと、悠紀子は姉の話をきいて自分が恥かしかった。持って逃げようと思えば、何でもまだ持って逃げられたのである。床の間にたてかけたお箏《こと》でもよかったし、納《なん》戸《ど》の中のスーツケースでもよかった。そのケースのなかには、叔母に連れられて近々に秋田へ遊びにゆく筈《はず》の悠紀子の着物が、ぴっちりとつまっていた。

だが、悠紀子の何より惜しいのは本であった。火事のおさまったあくる朝、焼跡へ行ってみると、たしか自分の部屋だったと思うあたりに、焼けのこりの本がうずたかくかさなっていた。本箱へふつうにならべておいた本が、いま見ると何処かへ積みかさねておいたように、ぴったりとかさなり、盛りあがって焼けている。三寸四方あまり真白く、大きな樹株の芯のように、活字もそのまま鮮やかに残っているのを見ると、悠紀子は捨去るにしのびず、思わず一枚をめくってみた。と、ぷうんと焼けぼこりの臭気が激しく鼻をついて、折からの風にパラパラとその芯はくずれてしまった。

26

自分の気持にひきくらべて、悠紀子には父親の何か物忘れをしたような、ぼんやりしたような表情が、ひどく胸にこたえるのだった。どんな時にも悄気《しよげ》た顔を見せた事のない人だったが、今度ばかりは時々ほっと、人知れずため息をついていた。

商売上の取引で、その日の午後銀行からひきだしたばかりの多額の、現金が無造作に簞笥《たんす》のひきだしに入れてあった。それをそっくり焼いたことも、打撃のひとつにちがいないが、父親のほんとうの苦悩は、愛玩《あいがん》の骨董《こっとう》を全部焼いてしまった事にあるらしい。

古画新画、写本、漆器《しっき》類を父は愛好していた。それにつかうだけのお金で土地を買っておけば、どんなに儲かるかもしれないのにと、母は始終愚痴《ぐち》を云ったが、内地へかえる時に土地は持って行かれんと、父はふり返りもしなかった。土地は撫《な》でたりさすったり、毎日掛けかえて眺めたりする楽しみを与えてくれないから、父には不用のものであったのであろう。到頭《とうとう》骨董類を入れるために白壁の土蔵まで建てたが、いざとなるとやっぱり好きな品は身辺から離したくないと見え、座敷の後ろにまた大きな納戸をこしらえて、全部その中に入れておいた。

土蔵の中にはだから、古ぼけた箪笥や不用のつづらや、がらくたばかりごろごろしていた。世間の人は、殊《こと》にも類焼《るいしょう》の災にあった人は、土蔵にいっぱい、ぎっしりとよいものがつまっているように思ったらしかったが、事実はそんな次第で、悠紀子の父の野村治兵衛は、愛着深い書画類とともに、財産の大部分をも失ったわけであった。父さんはあの品物と金額と、どっちがよけい惜しいだろう、——と悠紀子は時々思ってみた。

「悠紀子、お前しばらく秋田へ行っていないか」

こんな騒動で、旅行も当然おながれになったものと考えていたところへ、突然父にそう云われて悠紀子はおどろいた。

「もうやめたんじゃなかったの」

「うん。だがあんまり家がせまいからね。土蔵の中は暑いし……」

「かまいませんよ。父さん」

あれ以来、家族は土蔵住居《ずまい》をしていた。離れの六畳につづいて、取敢《とりあ》えず座敷と茶の間と台所とを建てる事になり、台所だけはもうできたが、座敷の方はやはり日数がかかるらしかった。土蔵の二階で、ちいさな窓からぼんやり空を眺めていると、八月末の空はもうすっかり秋の色に澄んで、かーんかーんと、のみの音が高くこだましてくる。——悠紀子はしみじみと遠く東京の空を思った。するとにじむように静かな涙が、いつか頬をぬらしていた。

　悠紀子は十七になっていた。

　学校は到頭やめてしまった。土屋壮吉がいよいよ東京へ行ってしまったので、悠紀子の向学心は、風にあった蠟燭《ろうそく》のようにふっと消えていた。先生はなぜ一《ひ》ト言《こと》私に別れを告げて下さらなかったのだろうと、悠紀子はくり返しそれがくやしかった。クラスメートはみんな停車場まで送りにいったという。だが休学していた悠紀子には、それも知らせてくれる人がなかったので、悠紀子は長いあいだそのことを知らずにいた。知ってからは、何べんとなく夢を見た。いつもきまって、一所懸命停車場まで駈《か》けていったのに、一ト足ちがいで汽車の出てしまったくやしい夢だった。さめて時々、悠紀子は歯をくいしばってその地《じ》団駄《だんだ》ふみたい気持を、涙のなかへながしこんだ。

「とにかくまあ行く事になっていたのだし、叔母さんを送りがてら父さんも一緒にゆくから、悠紀子はしばらく叔母さんの家にいたらいいだろう」

「悠紀子はどっちでもいい」

「じゃそうきめて、早く母さんに着物をこしらえてもらいなさい」

秋田へ行くのは厭《いや》でもなかったし、といってうれしくもなかった。叔母の今度の来道は、姉の病気見舞がてら実は一度、義介の実家の人たちに悠紀子をひきあわせておくため、はるばる迎えにきたのだと、悠紀子ははじめから知っていたが、しかしそれがどうしても自分の事のように思えない。ただ悠紀子は何か物憂《ものう》く、土屋先生のいない土地にボンヤリと暮しているのが、退屈でたまらなかった。東京へ行かれないなら、秋田でも何処でもかまわない。せめて函館まででも、先生の通った汽車のあとを、自分も通っていってみたかった。

「悠紀ちゃんは義介さんに会えるのでよろこんでいる」

旅行鞄にせっせと荷物をつめていた悠紀子に、美和子はすこし羨ましそうな顔を向けたが、私はそんな人に会いにゆくのじゃないのですと、悠紀子は心の中に云い返して、だまって着物をたたんでいた。義介とはどんな人か、悠紀子はまるで知らないのである。去年の春中学を卒業し、三高の三部を受けたが駄目であった。本人は早稲田の文科にはいりたいという望みだったが、義介の長兄も悠紀子の父も、お医者の方がいいと思っている。

文学をやりたがっていると伝えきいて、悠紀子はたぶんいい人だろうと漠然と考えた。父と母との話のあいだにも、義介の噂は出た事がない。この春、蓄膿症《ちくのうしょう》の手術をするとかで、東京で入院した時だけ、母が不平を云っているのをきいた。

「鼻の手術ぐらいで特等にはいるんですか」

「ほかに部屋がなければ仕方がないではないか」

「鼻の手術なんて、いまがいまっていうものじゃなし、部屋があく時まで待てなかったんですかねえ。——特等なんて、まだあなた学生じゃありませんか」

父はもう母に取りあわず、云ってよこしただけの金額をかわせにして送った。悠紀子はそれが当然だと思った。

27

一たん取りやめになった悠紀子の秋田行きが、あわただしくまた云い出されたのは、お医者の注意からであった。美和子のそばへ悠紀子を近づけてはいけないというのである。

「せめて下のお嬢さんだけは何とか、——ええ、まだほんとうになおり切ったという訳ではありませんからねえ。どこか御親類へでも一時おあずけになった方がいいと思います」

それで悠紀子は父の郷里の叔母の家へあずけられる事になったのだが、自分が死なければ帰ってこないとも知らない美和子は、お土産に秋田八丈の柄のいいのを、何反も買ってきてくれと、くり返して頼んだ。

「お薬飲むこと忘れちゃだめよ。——元気になって早く帰ってらっしゃいね、姉さんもそれまでに、起きられるようになってますからね。もう大丈夫よ。火事の時なんかあんなに歩けたんだもの」

仲のわるい姉妹であったが、そんな風に云われると、悠紀子はひどく気がとがめて、自分が秋田行をやめれば、姉の生命《いのち》も取りとめるように思われてくるのだった。悠紀子は無言のまま皆にうなずき返し、よそ眼からは薄情と見える程さっさと姉の病室を出てしまったが、玄関まで来て見送られながら俥《くるま》に乗ろうとするところで、急に玄関の戸にしがみついて嗚咽《おえつ》した。

「止《やめ》ます。——あたし秋田へなんか行くのをやめます」

涙があとからあとからこみあげてとまらなかった。姉さんがかあいそうだ、姉さんがかあいそうだと、それぱかり歌のようにくり返される。——家じゅうで一番悠紀子にきびしかった人、わずか十九の少女ながら、しかも長い病床の中にいながら、まるで主婦のような権威を持って、みんなからおそれられていた人、その人がまだ自分の死ぬ事を知らないのだと思うと、……はたの者はみんな知っているのに、本人だけが知らないのだと思うと、女王のように誇りの高かった人だけに、一そうたまらない気がするのである。

「悠紀ちゃ、悠紀ちゃ、……」

叔母は信玄袋のちいさいのを手にぶらさげながら、一たん乗った俥からまた降りて、悠紀子のそばへやってきた。

「お父さんやお母さんに心配かけるでないえ。十七にもなって、……この子はまるでねんねだものなあ」

悠紀子は引かれた袂《たもと》を強くふり払って、一そう激しくむせびないた。

「叔母さんなんか、さっさと自分だけ帰っちまいなさい」

「悠紀子！」

うしろを向いてしきりに鼻をかんでいた織江が、あわてて悠紀子をたしなめた。

「なんて失礼な事いうんです。叔母さまに！」

「いいのよ。母さん。……叔母さんなんか、来なけれャよかったんだわ」

どういうものか、悠紀子は自分の母よりも、かえって叔母の方に遠慮がなかった。叔母は娘の頃から気さくなたちで、いまでも戸外をお嫁入りの行列が通るときけば、膝の上のぬいものを放り出して、家じゅうの者を呼びたてながら、飛び出してゆくという風であった。

「およしなさい。見っともない！」

と、そんな時叔母にぴしりと叱言《こごと》をいうのは、ふしぎな事にふだんきびしい美和子でなくて、自分の母には何にも云えない悠紀子の方であった。勝気で強情っぱりで、村では誰一人かなうもののもない評判の叔母が、悠紀子にだけは猫のようにおとなしい。見っともないと云われるたび、そうかそうかと、いたずらを見つけられた子供のように悄気《しょげ》て、すごすごと引き返すのであった。

叔母さんなんか来ない方がよかったと云われて、叔母はいつものとおり、いまにも泣面をかきそうな、言葉に困ったような手頼《たよ》りない顔になって、うろうろと悠紀子のそばに起《た》っている。

「悠紀子！　あんたはまあ、……」

と、織江は手をあげそうにして、云いつのる悠紀子を叱った。

「なぜまた私の来ない方がよかったってかえ」

叔母が心配そうにきいた。

「だってそうじゃないの。姉さんの病気の原因は叔母さんにあるんじゃないの。叔母さんが自分の家のお嫁さんに姉さんをもらいたいなんて迎えにきたりするから、あれから姉さんは病気になったんじゃありませんか。——叔母さんてば誰でも迎えにばっかりきて、ほんとにいやな人だ」

「うんうん、……」

と、叔母はのみこむようにうなずいた。——いまから四年前、美和子の十五の夏休みに、叔母は美和子の学校をやめさせて、自分の家の嫁につれてかえると、秋田から迎いに来た事があった。それが祖母の死ぬ時の約束であったが、美和子はそんな山の中へゆくのはいやだし、わずか中学を出ただけの人と結婚するのはなおいやだと云って、毎日泣いてばかりいた。相談の結果、到頭《とうとう》許嫁《いいなずけ》は破談となって、叔母はそんならうちの息子には早くべつの嫁を探さねばならぬと、一人しょんぼり帰っていったが、その時以来じょうぶな美和子がよく風邪をひいたり、熱を出したりするようになって、原因はあの時あんまり泣いたからだと、みんなに信じられていた。

「姉さんだって思い出すじゃないの。また私を迎えにきたりするんだもの。……だから私行かないわ。もうやめるわ」

「わかったわかった。……叔母さんがわるかったから、ごめんしてたもれ」

叔母はほんとうにあたまをさげていた。

「な、悠紀ちゃ、叔母さんがまた後から、なんぼでもわびいうから、お父さんの怒らないうちに、早く涙ふいて出かけるべし。な、悠紀ちゃ」

明るく晴れた朝である。パナマ帽をかぶった父は、俥の上で横を向いて、中庭の桜の大樹《たいじゅ》を見あげていた。その樹は三分の一ほど、ちりちりと葉が焼けちぢれてしまっていたが、残る緑はしみいるように鮮やかで、朝陽を受けた半面が、軽く浮くように光りながら、さわさわと風に吹かれている。

父は到頭一ト言《ひとこと》も口をきかなかった。風の吹きすぎるのを待つように、じっと俥の上で待っていた。そうして泣けるだけ泣き、云いたいだけ云った悠紀子は、顔を洗ったようにさっぱりと、気持を取りなおして俥に乗った。

「行ってらっしゃいませ」

「ごきげんよろしう、……」

口々にほっとしたような声におくられて、三台のゴム輪の俥は、リーンと威勢よく馳《はし》り出した。朝の微風がこころよく頬をなで、ひろい道路は、まだ新しい路のようにしっとりとしめっている。

悠紀子は初めて生れた土地を離れ、初めて両親の許《もと》を離れ、初めて海峡をわたり、初めて他人のあいだに身をおくべく、遂に出発した。

28

悠紀子は遂に出発した。

そうして生れて初めて海峡をわたった。

ああ、それは何を意味するか。——海峡をわたるという、あらゆる旅人にとってごく普通のその一事が、悠紀子にとってだけはちがっていた。それは生れて初めて経験する激しい感情だった。悠紀子は札幌から函館まで、長い鉄道を運ばれて函館の町に降りた。そうして停車場から波止場まで、黒い土の上を歩いて行ったが、その土はまだ北海道の土であった。いま悠紀子が、青森の波止場で踏みしめて起《た》つ足の下の土もやはり黒い。だがそれは最早《もはや》北海道の土ではない。それは内地の土なのである。

内地、——内地、——ああ、父も母も亡くなった祖父も、その言葉を口にする度《たび》、いつもどんなに愉しげな様子をしたろう。いやいや父や母ばかりではない。奥の客間へ通されるお客も、応接間のお客も、そうして又台所の方へあつまる人たちも、たれもかれも何かと云えば内地だった。内地ではもう桜が咲いたそうだ。内地ではもう単衣《ひとえ》を着ていると、内地の噂の末には、自分が内地にいた時どんな素晴らしい芝居を見た事があるか、どんなすばらしい鯛《たい》をたべた事があるか、どんなすばらしい美人と話した事があるか、そういう愉しい思い出を語らない者は一人もいなかった。

どんなに長く、悠紀子はそのすばらしい内地にあこがれていたことだろう！　そこは地上の楽園であり、同時にまたあらゆる文化の源でもある。内地の娘はすべて美しく、利口で礼儀正しく、しとやかである。

「朝飯には何をたべるね。ここへお膳をはこんでもらおうか、それとも、……」

悠紀子は父の声に窓際からふりかえった。汽船と汽車とを聯絡《れんらく》する待合所の二階で、宿屋のようにちいさく区切られた日本間と、ひろいパーラーと、それから食堂とがあった。熱いお湯も冷たい水も豊富にあった。男も女もそのお湯と水で汚れた顔を洗い、髪に櫛《くし》を入れてキチンと服装をととのえる。だがそれは二階へあがれる人たち、一二等のお客ばかりで、階下の待合室には、いくら顔を洗っても何の足しにもならないようなうす汚れた服装をした人々がいっぱいにあふれていた。そばを通ると汗まみれのぷうんとすえた匂いがする。赤ン坊が泣きたて、おかみさんが子供を叱りながら、胸をひろげて泣きわめく赤ン坊の口へ、黒い乳房を押しこんでいる。清潔な白い服を着たボーイが、その群衆の中を邪険《じやけん》にかきわけて、階段をのぼってゆこうとすると、頬ひげまで生やしたうす汚ない男が、あわてて追いすがって何かたずねている。ボーイは無愛想《ぶあいそう》に一ト言《ひ　こと》二タ言《ふ　こと》返事をすると、もうトントンあがっていってしまったが、頬ひげの男はボーイのその足ぼこりをまともにあびながら、上を向いて「ありがとうございやした」と礼をのべるのであった。

「あたしは洋食にするわ。食堂へ出てパンとハムエッグをたべるわ。……でも、あるかしら、ハムエッグが」

「あるとも。洋食なら何だってある」

父は悠紀子の返事に満足そうにうなずいた。ハイカラ好きの父は、旅先きの朝食に味噌汁だの香の物だのと、そんな味気ないものをたべるのはきらいであった。パンとバタとミルクと卵と、そうしてハム！　それを悠紀子が好いていたように、父もハムが大好きだった。

汽船に酔って何もたべたくないという叔母は空気枕をふくらまして部屋の片隅に横になっていた。で、気のあった親子だけが食堂に出て、匙《さじ》やナイフのぶつかる音をたのしくきいていた。陶器の皿のふれあう音や、せわしそうなボーイ達の足音や、――そのせかせかとした小きざみな物音のあいまを、折々ふとい糸でかがるように、ポオオと長く尾をひいて汽船の笛が鳴った。オオオと何か悲しむように、その笛はいつも長くあたりの空気をふるわした。

早い朝であった。昨日、札幌の町を出発した時とおなじように晴れた朝である。だが悠紀子には、内地の空の色と自分の生れた土地のそれとは、何かちがっているように感じられた。内地の方が美しいのではない、その反対に思われるのである。

昨日の朝、出かける間際に玄関の戸にしがみついてさんざ泣いたあと、ようやく涙をふいて見あげた空の色の、まるで深い海のようにあおく眼にしみてきたのが忘れられない。それはまったく水に濡れた宝石のような、したたるようなあおさであった。しかし此処《ここ》はちがう。ここの空は色がうすくて薄情らしくて、そのうえ濁ってさえ見えるではないか。

これが内地だろうか。——悠紀子は何かおずおずとあたりを見廻すような気持だった。土の色は北海道とおなじように黒い。だがそれはかわいている。波止場からあがって停車場へくるまでの道の両側には、絣《かすり》の汚ない着物を着て、前かけをしめた女たちが、夏林檎を入れた手籠を腕にかけてならんでいた。そうして押しつけがましく人々のあとを追いかけて、買ってくれるようにねだっている。札幌の停車場にはあんなものはない。駅へ降りるとすぐ眼につくのは、ただ豊かなアカシヤの並樹《なみき》ばかりである。

ああいう美しい並樹は、この町には無いにちがいなかった。それからまた五番館のような煉瓦《れんが》づくりの、ショウウィンドのひろいしゃれた店も、この町にはないであろう。この町は何となく古ぼけていて、うす汚ないように見えるけれど、それは自分の思いちがいなのだろうか。

ポオ、ポオオとひびく笛の音をきいていると、悠紀子は胸があふれて涙がこぼれそうであった。帰りたい！　アカシヤの緑や楡《にれ》の緑がむくむくとわきだすようにもりあがって、町全体がその緑の中へうずまってしまっているようなあの札幌へ帰りたい。こんな汚ない内地からは、一刻も早く出てしまいたい。東京へ行くのでなければ、内地なんてまったく何の意味があるだろう。

生れて初めて海峡をこえたよろこびは、だんだんと悠紀子の胸にうすれてゆきつつある。だが、やはり自分はいま内地へ来ているのだという意識は、誇らしく潜在していた。内地の人たちに笑われないように振舞わなくてはならない。内地の娘たちよりも淑《しと》やかだとほめられるようにならなくてはならない。それで悠紀子は食事に向っても、大変行儀よくパンをむしり、ハムの上の半熟卵を、どうやって黄味を流れ出させず、美しくたべられるかに苦心した。

家では悠紀子は、いつもお皿の上へ顔を持っていって、黄味だけチュッと吸っておいてから、白味をハムにまぶしてたべていたのである。だがここではかりにもそんなはしたない真似はできない。大勢の紳士たちの中には、たぶん東京の人も多くいるにちがいない。悠紀子はできるだけ上品に、要領よくやらなければならなかった。そうしていろいろ考えた末、黄味だけをていねいにまわりから切りはなして、それをハムにのせたまま、そっと口へ運んでゆけばよいだろうと思いついた。

その工作はうまくゆきそうであった。悠紀子はやっと切りはなした卵を注意ぶかくナイフとフォークでささえながら、そろそろと持ちあげた。そうしていまやまさにその卵を入れようとして大きく口をあいたとたん、どうした油断か卵はぴしゃっと音をたてて、皿の上へくずれ落ちてしまったのである。

この失敗は、ひどく悠紀子を憂鬱《ゆううつ》にした。悠紀子は大好物のハムエッグをたべられなかったばかりでなく、水いろのやわらかいネルの単衣《ひとえ》の胸にも、点々とたんぽぽの花びらのようなしみをこしらえてしまったのだ。

「もう一皿新しいのを持ってきてもらいなさい」

父は気の毒そうにそう云ってくれたが、悠紀子はあわててさえぎった。

「もういらないのよ、父さん。このハムエッグは卵がやわらかすぎてたべにくいんですもの。私きらいだわ」

ああ、女の子というものはどんな場合にだって、よそでハムエッグなどたべるものではない。自分はオムレツをたべるべきであった。でなければ林檎を一つかじってゆく方が、どんなに上品に見えたかもしれない。――悠紀子は自分の失策をボーイたちがみんな見ていたのだと思うと、耳が熱くなって、いつまでも顔があげられなかった。そうしていよいよ秋田へ向う汽車の中でも、悠紀子はこの事ばかり考え、自分一人で顔を赧《あか》くして悄気《しょげ》ていた。

29

沿道の風景もまた、悠紀子の眼をたのしませてくれなかった。平凡な畑と平凡な人家がだらだらとつづいているばかりで、どこまで行っても何かズバリとした、途方もなく大きな樹とか、途方もなくひろい沼とか、はっと胸をおどらせるようなものは一つもない。宏荘《こうそう》な建築もなければ、ハイカラな人の姿もない。行っても行っても何も出て来ないのであった。

やがて悠紀子たちは二《ふた》つ井《い》という、ちいさな駅で汽車を乗り捨てた。父の故郷はそれからまだ三里ほど奥の方で、そこへは川舟か人力車に乗るより交通の便がない。舟だとのぼりになって厄介なので、悠紀子たちは人力車でゆく事になった。

よく雑誌の口絵などで見た田舎のけしきそのままの町であった。白壁や茶色の荒壁の塀、瓦ぶきの屋根、貧しげな家の戸口の、あつい紙で張った油障子《あぶらしょうじ》。――札幌では戸という戸はすべて硝子《ガラス》張りか、厚いドアにきまっている。そうして道幅がひろく正確なのに、この道は勝手気儘《きまま》にまがりくねっていて、おまけに眉がくっつくように幅がせまい。「お嫁さんだッ」と一軒の家から子供が叫びながら飛び出してくると、たちまちそっちからもこっちからも穴からはいだす蟻《あり》のように、おかみさんや娘やお婆さんや赤ン坊をおぶった人や、中には口を開けた男の人も交ってぞろぞろと軒に並び、ガヤガヤと何かわけのわからぬ言葉を、ののしるように云い交《かわ》して見送り見迎えるのである。

どうかすると人力車は両側の見物人の胸にふれる程まで近く、ぬうように進んでゆかねばならなかった。そうして見物人の興奮は、人力車がちょっとでもとまったら、すぐに悠紀子のたもとをつかまえて離さないのではないかと思われる程、激しかった。だが、叔母はその群衆の中をびくともせず、黒の洋傘を高々とかざして、取りすまして乗ってゆく。その姿はむしろ得意そうに見えた。

ハイカラ、ハイカラという声がきこえる。悠紀子は初めて女学生風の束髪《そくはつ》に結び、紅いばらの造花をさしていたが、たったそれだけの事でも非常に珍しいらしかった。「東京から来た嫁さんだべ」「何処さゆくのだべ」見物人は遠慮会釈《えしやく》もなく、大きな声で話しあう。「いくつだべナ」「十五だべよ」「十六かもしんねえゾ」悠紀子はネビブルウの洋傘の柄を、剣でも握るようにしっかりと握りしめて、激しい憤りと羞恥《しゆうち》に、顔までかっかっとほてらしながら、むちゃくちゃに腹をたてながら、がたがたの人力車に揺られていった。

悠紀子はすっかり失望していた。これが内地だろうか、これがあの礼儀正しいと教えられた内地だろうか。——悠紀子は母の口やかましいのにはいつも閉口していた。しかし自分の母は絶対にうそをつかぬという信頼だけは持っていた。まったくどんな些事《さじ》にでも、母はうそを云った事がない。するとおなじ内地でも、母の国と父の国とでは、ずいぶんちがっているのかも知れない。

ようやくそのうるさい町を通りすぎて、人力車は涼しい山道にさしかかった。右手にさらさらとながれる水の音を絶えず耳にしながら、蔦《つた》かずらのからみあった緑のトンネルを、くぐりぬけくぐりぬけてすすんでゆくのである。叔母はいつか洋傘をたたんでしまった。悠紀子もそれにならって洋傘をすぼめたが、折々木かげをもれてくる陽の光は、樹々の緑をすかして、あおい縞《しま》リボンのように光ったり、ちらちらと網目レースのような模様を、膝の上につづったりした。

ゆるやかな山をのぼり、やがてまた山をくだると、山かげのふところに抱かれるように、思いがけないところに、思いがけない人家が四五軒あった。そこをすぎてまた山道になり、山をくだるとまたばらばらと人家が見える。低いなだらかな山が幾重《いくえ》にもかさなり合い、その麓《ふもと》にはかならず人の住む部落があるのだった。人力車は時々途中でやすみ、父の村へついた時には、長い夏の日もようやく暮れようとしていた。

——叔母の家は、悠紀子たち姉妹が札幌で想像して軽蔑していたよりも、はるかにひろくがっしりと建っていた。

30

函館からポストした端書《はがき》は今朝拝見してよ、汽車の中で泣いたの、私たちも淋《さび》しいですよ、急に三人もへったのですもの、酔ったって？　それでも美味しい物たべてよかったね、姉さんもたべたい！　汽車の中でさ。

二十五日は青森で一泊して、今日そっちへ行ったの。御地《おんち》はどんなところ？

方々から松前の姉さんが来た〳〵って、毎日沢山人が来る事だろうと思っておりますよ。

要ちゃんも皆んな大きくなったでしょうね。帰りたくならないでしょう。毎日方々歩くから。

帰札する時には八丈と手提《てさげ》忘れてはいやよ、柄《がら》のいいのがあったらね。

札幌は此頃《このごろ》むしあつくて、雨がふったりふらなかったりよ。姉さんのからだは矢張《やは》り同じよ。

かっちゃんは黒ン坊さ。青木さんも正吉もピンピンよ。うめにね、シラミがたかったたって大変なの。皆して汚ない〳〵って大評判よ。定之助毎晩泊りにくるのよ。

気が大丈夫になっているの、それで。

悠紀ちゃんからだわるい事ないの、少しでもわるいようであったら、すぐ秋田市のお医者に診て貰《もら》いなさいよ。毎日母さんとお前の噂ばかりしているのよ。初旅なので心配しております。よくからだに気をつけて、病気にならないように注意おしね。姉さんね、おみやげ沢山持って帰ってくるの待っていてよ、丈夫なからだになってさ。

母さんからも青木さんからも正吉からもよろしく云っていてよ。まだ書きたいけれど苦しいからこの次にね。

お返事待っていてよ。

この葉書昨日来たのよ、金子さんから。入れておきます。

あと誰からも来ないの。

では呉々《くれぐれ》もからだを大切にしてね。

さよなら

二十六日

姉より

悠紀子様

御まえに

寝ていて書いたから乱筆よ

読んでいるうちに悠紀子は涙があふれてきて、拭いても拭いてもとまらない。手紙読んで泣く事なぞあるのかと、吾郎が憎まれ口をききながらはいってきた。

「ほう、たまげた長い手紙だな、誰から来たの」

「私の姉さんからよ」

「君の姉さんって……」と、吾郎はちょっとふしぎそうな顔をした。「あの、病気でもう助からないっていう人？」

「ええ。ほかに姉さんなんてある筈《はず》ないじゃないの」

「あ、わかった」

と、吾郎はそばに落ちていた封筒を取って表書を眺めながら、「だれかに代筆してもらったんだね、うまい字だもの」

まったく吾郎がそう思うのも無理なかった。美和子の手紙は巻紙に墨で、男のように達者に書いてあるのだった。悠紀子は知っていた。美和子は仰向けに寝たまま、巻紙と筆とを持って、さらさらと走るように書いてゆくのである。誰がその手紙を見て、瀕死《ひんし》の床にある者が、しかも僅《わず》か十九歳の少女が書いたものと信ずるだろう。そこにはどんな苦痛にも耐えて、あくまで生きぬこうとする、激しい生の執着が一字一字強く脈を打っている。

「私ね、姉さんとはとても仲がわるかったのよ。ほんとうに犬と猿だって、年じゅう母さんに叱られていたのよ。だから、姉さんとべつべつに暮せるようになったら、どんなに気がらくになるかしれないと思っていたんだけれど、姉妹ってどんなに喧嘩しても、しんそこはそうじゃないのね。こっちへ来てから私毎晩姉さんの夢ばかり見るんですもの」

「フン、僕も兄弟仲はあんまりいい方でもないけど、……」

云いかけて吾郎はふっと黙った。

「そうね。あんたの家では誰でもあんたより、あの、……」

と悠紀子はちょと云いしぶったが、すぐ思い切って、

「義介さんの方をほめるわね。あんたを可愛がるのはここの叔母さんばかりよ」

「うん。それからうちのお祖母さんも可愛がってくれるし、嫂《ねえ》さんも僕にはいいんだよ」

「まあ、みんな評判のわるい人ばかりじゃないの」

「うん。そうしてみんな君の血筋ばかりだ」

「じゃ私もあんたと仲がいいから、いまに評判のわるい方になるんでしょうね」

「どうもそうらしい」

吾郎と話をしていると、美和子の手紙の中のえぐれるように辛かった一句、――姉さんもたべたい！　汽車の中でさ。という言葉も次第に薄れていって、何か甘い子守唄ですかされるように、切ない悲しみがやわらかくとけて消えてゆくのであった。

吾郎は、悠紀子の許嫁《いいなずけ》になっている義介のすぐの弟で、悠紀子とおなじ十七歳の、悠紀子も学校へ通っていればいま四年生であったように、彼も中学の四年生であった。悠紀子は彼の存在などいままで一度もきいた事もない。そうした顔をあわせてからやっと三日目でしかないのに、まるで十年も一しょに暮してきた人間のように、どんな事でもズバズバと云えるのである。

どうしてそんな風な事になったのか、吾郎にも悠紀子にもわからない。悠紀子はこの村へ着いた翌日、叔母に連れられて吾郎の家へ行った。そうしてそこの家族に紹介されたが、吾郎や義介とはただ目礼《もくれい》を交したばかりで、悠紀子はその若い兄弟がどんな顔をしていたのか、どんな服装をしていたかまるでおぼえがなかった。ただ吾郎たちの長兄の小二郎だけは四五年前札幌の悠紀子の家へ来て、長らく逗留《とうりゅう》していた事があるので、再会のよろこびをのべてくれた。

父は最初から吾郎の家の方に泊っている。悠紀子だけが叔母の家に残されたのである。悠紀子は叔母の家で何もする事がなく、何も読むものもなく退屈し切っていた。そこへふらりと吾郎が遊びに来た。

「おう、吾郎ちゃかえ」

と、叔母はのそりと土間へはいって来た背の高い吾郎を見ると、自分の子がかえったように、眼を細めた。

「よく来た、よく来た。ささ早くあがって、松前の嬢っこの機嫌とってやってたもれてや」

悠紀子は父の帰る時にはもう誰が何と云っても一緒に帰ると、心ひそかにきめていたので、むすっとして叔母には口もきかないでいたのだった。いろりのそばへあがってくる吾郎の、何か自信に満ちた眉のあたりを、反撥《はんぱつ》する気持でぐっと見すえていた。

31

生意気な奴だと、吾郎の方でもその時思ったのである。

「俺の姉さんになる人でなかったら、ぶんなぐってやろうかとおもったくらいだ」

「なぜ?」

「なぜって、女のくせに顔を見ていておじぎもしない奴があるものか」

「あら、あんただっておじぎしなかったわ」

「あたりまいさ。君の方がしたら僕もするつもりだったんだ」

「あら、私もそうよ。あんたがしたら私もしようと思っていたのよ」

その日の夕方、二人はそんな話をして一しょにふき出していた。思いがけない言葉《ことば》敵《がたき》に会ったうれしさで、悠紀子は札幌へ帰ろうと決心した事なぞ、すっかり忘れてしまうほど浮き浮きしていた。

「俺はいままで自分とおなじ年の者の中では、自分ほどえらい奴はないとおもっていたんだよ」

「そう、……」

と、悠紀子はその先きの言葉がわかっているので、ほほえみながらきいている。

「だが君には負けた。君の方がたしかに僕よりえらいよ。将来の事はそれゃどうなるかわからないけれど、現在のところでは残念ながらそう認めざるを得ないよ」

悠紀子はいままで、学校の先生や上級生からは、あきあきするほどほめられてきた。だがおなじ年頃の友だちからは、ただの一度もそんな言葉をきいた事がない。

「とにかく本を読んでる事だけでも、……僕のまわりには僕ほど読んでる奴は一人もないんだが、その僕の倍も読んでるんだからなあ」

「呆《あき》れた？」

「ウン、呆れた」

二人は何かのはずみから漱石の話をしたのであった。悠紀子が漱石のものを読んでいるときいて、吾郎はびっくりした。じゃ二葉亭は？　木下尚江《なおえ》は？　島崎藤村は？　国木田独歩は？　と今度は悠紀子の方からたたみかけてきいていった。吾郎は独歩を知らなかった。ウームと彼はくやしそうにうなって、「負けた」と云った。

「僕は君の事をね、兄貴のワイフになる人だから、仕方なく姉さんとよぶつもりでいた。だがもう考えをかえたよ」

「どうかえたの？」

「君を僕の姉さんにしてやろうと思うのだ。兄貴との事なんかどうだっていい。あらためて君を姉さんにしてやる」

「あら、だって私の方が一年近くもおそく生れているのよ」

「知ってるよ。でも君はやっぱり姉さんなんだ、一生僕の姉さんかも知れない。僕は君を追いこすために、これからウンと勉強する」

ああ、そんな事をいままで誰が云ったろう。……吾郎の口から出てくる言葉は、どれもこれも生れて初めてきくものばかりだった。悠紀子の自尊心は甘やかされ、風船玉のようにふわふわとふくれあがってゆく。しかもそれが自分とおなじ年の人の云ってくれる言葉だと思うと、それは悠紀子の胸の中で大切に反芻《はんすう》され、青いこくわの実が酒に変ってゆくように芳醇《ほうじゅん》な匂いを発散した。

その匂いは悠紀子を酔わせたばかりでなく、相手の吾郎も眩《くる》めくような気持であった。悠紀子の言葉もまた吾郎にとって、胸のしびれるような麻薬であったのである。

「私ね、いままでこんな話のできる人ひとりもなかったの、いくら本を読んでも、それはみんな自分ひとりで読んで、自分ひとりで考えるだけだったの。……うれしいわね、これからさきは、何を読んでもすぐあんたに報告して、そしてあんたの意見をきかせてもらえるのね」

「そうだよ、僕だってこれまで、こんな話のできる相手は一人もなかったんだ。僕は学校へ帰ったら早速《さっそく》独歩を読むよ。そうして長い長い感想を書いて君に送るよ」

彼はまた、ほっとため息をつくようにして云った。

「ほんとうに、僕と太刀《たち》打《う》ちのできる奴が見つかるとは思わなかった。しかもそれが女の中にいようとは夢にも思わなかったよ」

「女、女って、そう軽蔑しないでよ」

「軽蔑してるんじゃないんだ、驚いてるんだ、僕はいま女に対する考えをかえつつあるところなんだ」

いくら話していても、話のつきる時がなかった。吾郎は朝起きるとすぐやってきて、夜は十二時まで話しこんでいた。しゃべってもしゃべっても、――いや、しゃべればしゃべるほど、掘りあてられた水脈のように、話は二人の間に新しく湧き上った。悠紀子は吾郎以外の人の事を――たとえば義介という許嫁《いいなずけ》の事を、すっかり忘れていた。

二人はまるで憑《つ》かれたように、しゃべってもしゃべってもしゃべり足りない心地がした。おしまいには夜眠る時間さえも惜しいような気がしはじめた。

「毎日日記をつけよう」

と、吾郎が云った。

「お互いの云った事を、そうやって日記につけて批判するんだ。そうして毎朝それを見せあって、またそれについていろいろ意見をのべるんだよ」

悠紀子に異存のあろう筈《はず》はなかった。すぐそれは実行された。悠紀子はそのちいさな手帳の一ばんはじめに次ぎのような事を書きつけた。

実に単調な平凡な村だ。ここにはびっくりするようなものは何一つない。さし向って退屈しない人はただ一人、吾郎さんあるのみ。

悠紀子はそれを吾郎さん以外の他の人に、——まして義介に見られることがあろうなどとは、夢にも考え及ばなかった。

「僕の兄貴は好人物ばかりだよ」

と、ある時吾郎が云った。

「ただし、上の兄貴はすこしけちんぼだけどね」

「あら、それは嫂《ねえ》さんの方じゃないの」

「うん。嫂さんの慾張《よくば》りは有名なものさ、あの人は能代《のしろ》一の金持の娘だけれど、そこの家がまた大したものなんだ。だから嫂さんの血統で仕方がないし、それにあの人の慾張りにはとても可愛いところがあるんだよ。理窟《りくつ》でなくて感情だからね」

「あんた嫂さんとは気があってるんでしょう」

「そうなんだよ。内しょのお小使いをよく呉《く》れるよ。……だが兄貴のはいけない、兄貴のけちんぼは彼の最大の欠点だよ」

「ここの兄さんは？」

と、悠紀子は叔母の家に貰《もら》われてきている彼の次兄の事をきいた。

「そうだね……兄貴っていう気はもうしないね。何しろ赤ン坊の時から別れて育ったんだからね。ただ気の毒な人だという気がするばかりだよ」

「じゃ一しょに育った兄さんの方は？」

義介と吾郎とは四つちがいで、しじゅう競争者の地位に立たされているらしい。

「正直に云えば僕は義介さんとは気があわない。しかしあいつは秀才で、みんなから将来を嘱目《しょくもく》されているんだよ。俳句で既に一家を成しているよ」

「吾郎さんは俳句やらないの」

「うん。僕は詩を書きたいと思っている」

「吾郎さんの事を、偉くなるだろうと思ってくれる人は誰もないのね」

「うん。親父もお袋もみんな兄貴の方をひいきにしているからね、ただお祖母さんと嫂さんと、君の叔母さんだけが、いまにえらくなるって云ってくれるけど、何しろ女の云う事だから、……」

「じゃ、私がそう云っても信じない?」

吾郎はにっこりした。

「僕は、ほんとうは誰に云われなくても、義介さんよりえらくなるつもりなんだよ。あの兄貴は学問はよくできるけれど、性格にちょっと卑怯《ひきょう》なところがあるんだ、そこが僕にはがまんできないのだよ」

悠紀子は義介については、何を云われてもあたまへ来なかった。悠紀子は義介とはまだ殆《ほとん》ど一ト言《ひこと》も話した事がなかった。

或朝《あるあさ》、――悠紀子は吾郎の家の方へ泊って、起きるとすぐ奥の座敷の掃除をしていた。自分の家ではただの一度もそんな労働をした事がなかったけれど、叔母はこれから義介の母親にみっしり仕込んでもらわねばならぬと云って、奥座敷の掃除を悠紀子にあてがったのである。悠紀子は約束がちがうと、お腹の中でぷりぷりしていたが、しかしそんな労働にまったくの興味のない事もなかった。それは大人の世界へ背のびして近づいてゆく感情だった。

奥座敷には初めて見る上段の間というものがついていて、がっしりとした縁側が、広い部屋のまわりをぐるりとめぐっている。その縁側の板の、ちょうど濡れ縁などのように、たてに幅ひろくついているのも珍しかった。更《さら》にまた縁側の先きは砂利をしきつめた地面になっていて、その地面の上にやっとがんじょうな雨戸がたっていた。

悠紀子はぶらぶらする袖を帯じめの間へ挟んで、せっせと箒《ほうき》を動かしていた。すると庭の方から何気ない風に義介がはいってきて、「ちょっと……」と呼んだ。今起きたばかりらしく楊枝《ようじ》を横に銜《くわ》えている。

「なに?」

と、悠紀子は箒をひきずりながら縁先まで出てゆくと、義介はひどくあわてて、悠紀子の手にちいさな紙きれを押しつけるように渡して去っていった。悠紀子は箒を杖《つえ》にしたまま、その紙きれをひらいてみた。

今日秋田市へ行きます。何か用事はありませんか。

ちいさなペン字でそれだけ書いてあった。

32

今日秋田市へ行きます。何か用事はありませんか。

そのペンの字には一風変ったくせがあり、一つ一つがそっちを向いたりこっちを向いたり、まるで小学生の遠足のようだと、悠紀子はそんな批評眼を働かせながら、砂利の上を遠く去ってゆく義介の足音をききながら、じっと箒《ほうき》を杖にしたままその紙きれを眺めていた。と、いつともなくじわじわとからだ中の血管があたためられてゆくような、何かいじらしいような感情が、やわらかく胸を浸《ひた》しはじめた。

水彩絵具を買ってきて下さい。

悠紀子は奥座敷のそうじをすませて、自分の部屋にあてがわれた新座敷の方へ戻ってくると、帯のあいだへはさんでおいた紙きれを机の上へ取り出して、その裏へおなじようにペンでそう書きつけてみた。そうして裏とおもてとひっくり返していくへんか眺めたが、どう見ても自分の方が上手なように思われた。――秀才だなんて、なんだこんな字っきゃ書けないのか。

「悠紀ちゃん、何見てるの」

紺絣《こんがすり》の絹ものの単衣《ひとえ》に、白ちりめんの帯をぐるぐるとまきつけた、義介たちの長兄の小二郎が、ゆったりとはいってきて、笑いながら声をかけた。長年中風《ちゅうぶう》で床についている父親に代って、主人の役をつとめているものの、まだ三十を出たばかりの彼は、白い若々しい頰をしていた。この新座敷はいつもは小二郎の部屋なのを、一時悠紀子に貸したので、だから悠紀子がいま向っている紫檀《したん》の机にも、小二郎の読む俳句の書物がのせてある。

「何でもないの……」

悠紀子はあわてて紙きれを、もみくしゃに掌《てのひら》の中にまるめたが、なぜかかっと頰があつくなって、そのため一そうあわてた気持で、庭の方へ眼をそらした。――縁先近く、小川の水をひいて、あやめ、かきつばたなど植えた流れが、さらさらと浅い水の音をたてている。流れの向うは何か名も知らぬ常磐木《ときわぎ》があまた生いしげり、そうしてその奥はこんもりと深く林檎園になっていた。

「あれ、夏林檎なの？」

と、悠紀子は青葉のかげにちらちらと見えかくれする林檎の実の、やや色づいたのをあごで指して、話をそらした。十二三の少女の頃、おなじ家に暮した小二郎に対しては、悠紀子は甘えきった我《わが》ままな感情を持っていた。

「夏林檎はこのへんじゃうまく育たないんだよ、あれはなかてとそれからかこい林檎さ」

「そう。なかてがもうあんなにあかくなったの？」

悠紀子は自分が四つ五つの時、軽川の林檎畑で暮した事をおもい出した。ちいさな子供に似気《にげ》なく、なかてという酸味も甘味も一ばんつよい秋口の林檎が好きで、近じょの小母《おば》さんから、なかなか粋《いき》な嬢ちゃんだと云われた事がある。なかてが好きだなんて、それじゃいまに旦那さんも、ちっとやそっとの人間じゃお歯にあいますまいよと云われた言葉が、子供ごころにはっきりとあたまに残って消えなかった。ふしぎでたまらぬ言葉であった。その小母さんはくろうとあがりの人らしく、きれいな座敷に狆《ちん》を一匹飼ってあったが、——あの狆はどうしたかしら。不意に悠紀子は遠い昔をおもい出し、あの時のおかっぱあたまのちいさな自分が、いまこうして父の郷里の親威の家まできて、こんな座敷に坐っているのだと思うと、なにかぐっとこみあげてくる気持があった。それじゃ旦那さんもちっとやそっとの人間じゃお歯にあいますまいよと云われた言葉が、昨日のように思い出された。……言葉とはまったくふしぎないきものである。云った当人は云ったあとから忘れてしまったかもしれないのに、きいた方では一生おぼえていて、ふとしたはずみに思い出し、それが自分の一生を支配する場合がないでもない。「私は義介に不足なのかしら、……」悠紀子は掌ににぎりしめた紙きれの字を、そっといたわるように思い浮べた。すると口に云えず紙に書いて伝えようとした義介の性格が、じれったくもあり、気の毒のようでもあった。

「悠紀ちゃん、今朝お父さんに会ったかね」

と、小二郎は両手を兵児帯《へこおび》のあいだへはさんで、ずるずると廻り縁の柱に背中をもたせて坐りながら云った。

「いいえまだよ。……なぜ?」

「いや、お父さんは今日秋田市へ行かれるそうだからね。何かほしいものがあったらねだっておくとよいと思ってさ」

「小父さんも？」

と、悠紀子は声をはずませた。

「僕はるす番、義介がおともをしてゆくそうだ」

「あ、そう、……」

なんだ、そんな事だったのかと、悠紀子はもう一度掌の中にまるめた紙きれの文句を思った。今日秋田市へ行きますって、まるで自分ひとりだけ行くように書いてあるけれど、父さんが行くのなら、何も義介にたのむ必要はないではないか。——ふと悠紀子には義介の申出が、親切よりも、仲のいい親子のあいだへ割ってはいろうとするたくらみのように感じられた。義介はなぜ、お父さんと一しょにとハッキリ書いておかなかったのだろう。

「どうだね悠紀ちゃん。この村は気に入りましたか。なにしろこんな淋《さび》しいところだから、ずっといてもらえるかしらって、みんな心配してるんだけれどね、まあ一つ本でもよんで、ゆっくり腰を落着けてみて下さい。土蔵の中には悠紀ちゃんのまだ読んでいない古い本が、だいぶある筈《はず》だから……」

急にだまりこんだ悠紀子の気をひきたてるように、小二郎は慰め顔にそう云った。

「悠紀ちゃんがきてくれたんで、実は僕も元気になっているんだよ。家の中に話相手ができてうれしいのさ」

次ぎの部屋でカタリとたんすの環の鳴る音がした。だれもいる気配はなかったのにと、悠紀子がふしぎそうにふり返ろうとした時、柱にもたれていた小二郎の眼が、そっちへ向いて激しく動いた。

「そこで何をしているのだ」

「ちょっと今日着てゆく着物を出しているところです」

小二郎の妻の栄子が、たんすのひきだしをあけているのだった。

「法事は昼からじゃないか。いまからあわてて着物の支度などをするより、松前のお父さんの靴でもみがかせておいてあげたらどうなんだ」

「私がきいていて、話の邪魔になるようだったら、あっちへ行きますよ」

小二郎は苦笑いしてだまってしまったが、悠紀子はその無言のうちに、小二郎の自分に対する羞恥《しゅうち》が感じられて、わが事のように恥かしく顔のあげられない気持だった。

だがそれにしても、栄子はなにを気にしているのだろう。自分の奥座敷の掃除にゆきとどかないところがあって、それとなく不きげんな様子を見せているのであろうか。

——五年前、小二郎が悠紀子の家へきてしばらくぶらぶらしているころに、父の世話で小二郎のつとめ口があり、まもなく栄子は長男の要をつれて秋田から札幌までやってきて、近じょに一軒家をかまえたのであった。悠紀子は殆《ほとん》ど毎日のようにそこへ遊びに行ったが、その頃の栄子は、すこし気が強いという一般の評判であったけれど、悠紀子には気さくないい小母さんであった。それに栄子と悠紀子とは血をわけた再《また》従姉妹《いとこ》で、そういう点からもいつも気楽な気持でいられた。背がすらりとして鼻すじの高くとおった栄子の姿は、道をゆく人をふり返らせるほど美しかったが、こんな遠い山の中へ来て見ても、三人の子の母とは思われぬほど、栄子の頰は相変らず白く冴えていた。美しい人にあこがれる女学生趣味は、悠紀子の胸にも多分にたたえられてあった。悠紀子は栄子を好きであった。

「あたしねえ小父さん、……」

と、悠紀子は二人のあいだに無言のつづくのをおそれるように、小二郎の感情をいそいで払おうとするように、話題をこしらえた。

「今日父さんが秋田市へゆくなら、水彩絵具を買ってきてもらおうかと思うの。いいかしら、……」

「それぁいいね」

と、小二郎も不自然なほど明るい声ですぐに応じてきた。

「悠紀ちゃんはちいさい時から絵がうまかったものね。ひとつこの辺の景色を大いに描いて、お父さんのところへ送ってあげるといいね。……僕等もよくお父さんから、悠紀ちゃんの描いた絵葉書をもらったものだよ」

「まあ、……」

悠紀子の父はしじゅう悠紀子に絵葉書を描かせて、それを一枚何銭かで買いあげ、葉書の代りに方々へ出していた。いろいろな本を買いたいため、いつもお小遣の不足している悠紀子にとって、それは何よりの救いであったが、今度の火事以来、そんなのんびりとした気分はお互に忘れてしまっていた。

「あたし何時《いつ》までいられるかわからないけれど、記念にぜひ一枚写生したいと思うのよ。――ここは静かで、とても景色のいいところね」

「そう。京都によくにているという話だよ。御先祖が相馬《そうま》の戦いにやぶれた時、どこか京都ににたところはないかと、さがしさがし来て、やっと此処《ここ》を見つけて落着いたという話だからね」

「ああその話、いつか父さんからきいたわ。……ねえ、むかしは此処にあんな芝居に出てくるような人たちが、ほんとに住んでいたんでしょうか」

悠紀子は父の自慢話に、よく御先祖の事をきかされていたけれど、重たいドアと硝子《ガラス》窓の植民地の家できくその話は、どうしてもピタリとしなかった。つまり実感がすこしも浮んでこないのである。だがいま、この遠い田舎の、ふるびた家でそれをきかされると、歌舞伎芝居に出てくるような人たちが、あんないでたちでそこいら中のしのしと歩きまわっても、すこしも不自然には感じられない。奥座敷の上段の間には、いかにも大将が威張《いば》って坐り、縁先の砂利の上に、従卒が平伏《へいふく》しておりそうな気がされてくるのであった。

「面白いわね、小父さん。……するとこのお庭のところだって、あんな鎧《よろい》をつけた人やなんかが、ほんとうに歩いたんだわね」

「それゃそうさ。でなくってこんな山の奥に、こんな村がひらける筈がないさ」

「すてきだわ小父さん。ここには歴史があるんだわね」

「そうだよ、そうだよ」

と、小二郎は激しくうなずいた。

「悠紀ちゃんのいうとおりだ。ここには歴史がある。……だがその歴史という奴がねえ、僕等にとってはなかなかの重荷なんだよ」

「まあ、……」

と、悠紀子はただ眼をみはった。自分の生れた札幌の土地にはない「歴史」というものを、思いがけずこの山の中の僻村《へきそん》に見出した悠紀子は、その感激に夢中になって、小二郎の言葉の深い意味を、ゆっくり考えてみるひまはなかった。

「歴史が重荷だって、……それどういうこと？」

「いや、これは僕の失言だった。悠紀ちゃんなんかにはまだわからない話なのだ」

「いやよ、そんな、……」

悠紀子は甘えて鼻をならした。

「途中でやめるなんてずるいわ。ちゃんと説明さえして下されば私にだってわかるわよ」

「いやいや、……」

と、小二郎はちょっと坐りなおして、何か云いかけた。とたんにガランピシャンと実に手荒く、隣の部屋でたんすのひきだしをしめる音がした。ひきだしをしめるというより、それは何か力いっぱいぶつけるような音であった。——自分の思いつきに興奮して、いつのまにか隣りの部屋の栄子の事をすっかり忘れていた悠紀子は、はっと思わず肩をすくめた。

「何にあたってるんだ!」

するどい小二郎の叱咤《しった》の声に、栄子は一言も答えず、足音をたてて出ていってしまった。

33

ひと夏の休にあつまってきた人たちが、やがてまためいめいにこの旧《ふる》い家から出てゆく朝が来た。

九月はじめの、春雨《はるさめ》のようなほそい雨がけむっている朝であった。悠紀子は大きな番傘をかたげて、川の汀《みぎわ》に立っていた。ふだんから底の砂の透いてみえるような清冽《せいれつ》な水は、今朝の雨ぐらいにはまだいささかの濁りもみせていなかった。その水の色は思わず下駄をぬいでじゃぶじゃぶとはいってゆきたいような誘惑を感じさせる。悠紀子は川舟を出たりはいったりする船頭のがんじょうな足が、水の中ではやわらかく女の足のようにみえるのを、珍しいもののようにじっと眺めていた。

「じゃ、からだに気をつけて。……帰りたくなったらいつでも電報をよこしなさい。すぐ誰か迎えによこすから」

一ばん先に父がそう云って、おおいのできた川舟へ乗りこんだ。つづいて義介が相変らずだまって、それでもちょっと目礼だけして乗った。最後に吾郎は、

「それじゃ僕、最初の土曜日にきっときっと帰ってくるからね」

と、板の上をわたりながらもう一度ふり返って、

「ほんとだよ。きっと忘れずに待っていておくれよ」

悠紀子は笑顔を傾けて、いく度かうなずいた。——小二郎の家の方で暮すようになってから、悠紀子と吾郎とは殆《ほとん》ど二人きりで話をする時間がなくて大ていの場合小二郎が話相手になっていたし、ほかにも栄子や母親や、祖母まで珍しがって悠紀子をそばへ引きよせておくからであった。それはわずか数日の事にすぎないけれど、悠紀子

と吾郎にとっては殆ど一年ぐらいの長さに感じられた。

「吾郎さんの好きな御馳走《ごちそう》をたくさんこしらえて待ってるわ。だからきっと帰ってきてね」

一途《いちず》な吾郎と悠紀子には、他人のおもわくなどという事はまるでわからなかった。ましてて悠紀子は、自分の言葉が黙りこんでいる義介の耳にどうひびくかなど、考えてもみなかった。――当分お別れだからというので、昨夜はみんなで鶏のカヤキ鍋をたべたあと、季節はずれのカルタをとって遊んだ。すこしでも義介と悠紀子を接近させようとする小二郎の考えであったけれど、どうやらその計画は失敗に終ったらしかった。義介は最初から最後まで、殆ど口をきかずにただ超然と札ばかり取っていた。まるで牛のような人だと悠紀子は思った。

能代《のしろ》まで用達《ようた》しに行く村の人たちが二三人乗りこんで、舟はようやく汀をはなれた。はなれたと思うと見る見る遠ざかってゆく。――胴の間にこっちを向いて坐った父の顔が、芝居の遠見《とおみ》の人形のようにちいさくなりつつまだ見えている。父の肩から一心にのぞいているのは吾郎の顔であろう。と思ううちに胴の間の人々の姿は、こんとんと一つの塊《かたまり》になり終って、何の区別もつかなくなった。

両岸の樹々は、その緑が雨に濡れて一そう冴え冴えしい。あふれるような緑のあいだをぬうて、川の水はゆるやかに流れ、流れ浮んだ川舟はやがて遠い靄《もや》の向うへ吸われるように消えて行った。

「ああ、到頭《とうとう》見えなくなった。……さあ悠紀ちゃん、家へ帰ろう」

素足のつま先が、冷たくなるほど立ちつくしている悠紀子を、そう云って促したのは小二郎であった。見送りの人はとうに皆帰ってしまったが、小二郎と叔母だけが、悠紀子と一しょに残っていた。静かな雨もいつか雫《しずく》が傘をつたうほど長く、三人は其《そ》処《こ》に立っていたのだった。叔母は片手に傘の柄《え》をにぎりながら、片手にじゅばんの袖をひきだして、しきりに眼をおさえている。

「分家のお母さん、もう泣くのはよしたよした」

と、小二郎は叔母の方へも慰めの言葉をかけた。

「悠紀ちゃんに笑われるよ」

「あいあい、……」

と、叔母は子供のようにいく度も合点《がてん》しながら、

「それでも、札幌のお父さんと今度会う時まで、生きていられるかどうかと思うと、

つい涙がこぼれて」

「大丈夫よ、叔母さん、叔母さんだってうちの父さんだって、長いきするにきまっているんですもの」

と、悠紀子もわきから口をはさんだ。

「おう悠紀ちゃ、あんたもそう思ってくれるかえ」

叔母はやっと涙をおさめて、晴れ晴れした顔になった。村ではしっかり者で通っている口やかましい叔母であったが、早くから夫に死に別れた彼女には、手頼《たよ》りになる親身《しんみ》といっては、まったく悠紀子の父一人であった。小二郎の弟を養子にもらい、嫁を迎えてもう孫もできていたけれど、叔母の心にはやはり美和子をもらえなかった事が、あきらめきれず残っている。あんな女学校なんかへやって学問なぞさせたから、病気になってしまったのだ。静かなこの村へ嫁によこして、のんびりと機《はた》でも織らせておいたら、いま頃はまるまると肥《ふと》って、二人も三人も子供を生んでいたろうにと、何かにつけて叔母はそれを云わずにはいられなかった。したがって養子の嫁に対しては、なかなかきびしいお姑《しゅうとめ》さんではなかろうかと、悠紀子は自分の叔母の家にいる事が、お嫁さんに気がねであった。それ故、小二郎の家から来いと云われると、喜んでうつっていったのだけれど、今朝のようにしょんぼりとした叔母の姿を見ると、また叔母のところへいってやりたくなった。

「叔母さん、今日からまた私叔母さんの家へ行きましょうか」

悠紀子がそう云うと、叔母よりもさきに小二郎が返事をした。

「いや、悠紀ちゃんはやはり家《うち》であずかる事にしよう。お父さんにそう約束したのだから。……まあ分家のお母さんも、今日は一日ゆっくり家で遊んでいって下さい」

いつかもう三人は、小二郎の家の裏門のところまできていた。川はそれほど近くを流れているのであった。

「悠紀ちゃん、そのうち一ぺん鮎《あゆ》をとってみせてあげよう。……ここの鮎はそりゃうまくて、ほんとうに頬っぺたのおちそうな鮎だよ」

門をはいりながら、小二郎は悠紀子をかえりみて云った。

「あたし、お魚はきらいよ」

「まあ、そう一がいに云うもんじゃない。鮎は豊平川では漁《と》れないんだろう。きらいならたべなくてもよいから、ただ見物だけでもしておきなさい。――鮎をとるにはいろいろな方法があるのでね、とにかくおぼえておいて損ではない」

俳句をやる小二郎は、昔から「ホトトギス」という雑誌の読者であったが、五年前小二郎が札幌の家へきていた時、小二郎の机の上からそれを持ち出して、わかりもしない俳句や写生文を眺めていた悠紀子は、そこに漱石の「吾輩ハ猫デアル」を見つけたのだった。そうしてまた藤村《とうそん》の「破戒《はかい》」も木下尚江の「良人《りようじん》の自白」も、おなじように悠紀子は小二郎によって知ったのだった。小二郎はそういう悠紀子を、自分の読書の弟子として愛していた。

34

高い林の中のひっそりとした静寂をやぶってふとかすかに人声がした。向きあって退屈しない人はただ一人よりない。それはあるかなきかに、呟《つぶや》くような声であったが、自分は愕然《がくぜん》とした。そうして愕然としたはずみに眼がさめた。夢であった。だが夢の中できいた言葉はさめて後もちいさな棘《とげ》のように胸を刺していた。

雨の汀《みぎわ》にいつまでもいつまでも立ちつくしている人の姿。その人の胸に去来する思いは知りがたい。ただ自分の眼にはその人の素足の爪先の、浜辺の貝がらのように美しかった事だけが、灼《や》きつくように残っている。

義介が東京からよこした最初のたよりは、こんな文句ではじまっていた。義介から手紙をもらうなど、夢にも考えていなかった悠紀子は、自分あての分厚《ぶあつ》な封書を受取ると、何がなしに胸がドキンとした。

「そら悠紀ちゃん、義介さんからの手紙だよ。……あいつも此頃《このごろ》はだいぶ六朝《りくちょう》が板についてきた」

小二郎は手紙をわたしながら、

「悠紀ちゃん、この字わかりますか」

と云った。

「読めるには読めるけど、でも何だかお行儀がわるい字ね。下手くそみたいだわ」

「お行儀がわるいか。なるほどね、しかしそこがよいところで、これは六朝風といってね、俳句をやる人間はみんなこんな字を書くのだよ」

「何だかしらないけど、としよりくさい気がするわ」

実際その字は悠紀子の眼からは、生れつきの下手な字をかくすために、へんにひねくって書いてあるのだとより見えなかった。潑溂《はつらつ》とした、青年らしい活気はそのどこにもうかがえなかった——。しらずしらず悠紀子は、吾郎の字と比較していた。吾郎の字はもちろん上手ではないけれど、何の気取りもなく、すらすらと素直に書いてあるところが、小学生のようで気持よかった。

封筒のひょうひょうとした字に似気《にげ》なく、中味には美しい文章が書かれてあるので、悠紀子はふたたび驚いた。あのしんねりむっつりとした義介の、どこにこんな感情がひそんでいるのだろうとびっくりした。その人、などとぼかして書いてあるのも当時の流行で、自分たち仲間でつかう云いまわしを、おなじように義介のつかっている事が、仲間うちの親しさを感じさせた。

だが、一《ひ》と通《とお》り読み終ると、悠紀子は何か当惑したような気持だった。自分に向って切々と心を訴えているようでもあれば、冷静に俺はこれだけの文章が書けるのだぞと、ただ見せつけているようでもあった。言葉はうつくしいが、何もかも忘れてそのふところへとびこんでゆかせるような、情熱には欠けていた。

とにかくしかし、返事を書かなくてはならない。

悠紀子はれいの新座敷の、小二郎に借りた机の上へ紙をのべてみた。そうして筆をかみながら、あれこれと文句を考えてみたけれど、その気持は許嫁《いいなずけ》の人に手紙をやるというよりも、学校の教室で作文を書こうとする心持に近かった。何かすばらしい文章を書いてやらなくてはならない。自分にだってこの手紙に匹敵する文章は書けると思われた。

浅いながれの上を、赤とんぼが雁《かり》のようにつらなって飛んでいる。雨あがりのひるまえの空気は、すきとおるようにうつくしい。悠紀子は縮《ちぢみ》のひとえの肌ざわりがさらさらしすぎて、もう柔らかなネルがほしいと思った。——水いろの胸にしみのできたネルは、まだ叔母の家に置いてあった。取りに行ってきようかしら。そう思うと同時に、何か切なく胸に迫ってくるものがあり、悠紀子はおもわずほろほろと涙をこぼした。青森の海峡できいた汽船の笛の音が、突然ポオオと思い出によみがえってきたのであった。

悠紀子は手紙を書く事をあきらめ、それは吾郎に逢ってからにしようと考えた。——だがしかし、約束の土曜日に、吾郎は帰って来なかった。

その日一日、悠紀子は叔母の家へ帰り、朝から大さわぎをして、吾郎の好きそうなあらゆる御馳走をこしらえた。そうしてひるすぎからは、いくへんとなく門の前へ出て、吾郎の帰りを待ちわびた。日が暮れて、家々の茶の間に明るく灯がともっても、まだ悠紀子は門に立っていた。――だが到頭《とうとう》、吾郎は帰ってこなかった。

抵抗しがたい苦痛を、悠紀子はその日一日のうちに味わった。翌日は病人のようにげっそりしてしまった。

「おうおう、悠紀ちゃ。そう考えつめるものでねえ。吾郎ちゃはこのつぎの土曜日にはきっと帰るにちがいないから、ささ、きげんをなおして飯くうべし」

叔母が心配して、とにかく御飯をたべさせようとうろうろするのを、悠紀子は見向きもしなかった。

「放っといて頂戴。吾郎さんは帰って来るものですか。昨日帰って来なければもう一生、――私がこの村にいるあいだじゅう、吾郎さんはここへは帰ってきやしません。私知ってるわ。叔母さんたちがいじわるをして、吾郎さんを帰らせないようにしたのよ。だから吾郎さんは帰れなくなってしまったのよ」

悠紀子は吾郎が絶対に約束をやぶる人間でないと信じていた。そうしてまた万一どうしても破約せねばならぬ場合は、電報でことわってよこす筈《はず》だと思っていた。――

その電報さえもよこさなかったのは、何かよくよくの事情があったにちがいない。

悠紀子の推察した通りであった。小二郎から、これは母の意見だからと手紙がいったのである。家の方に大した用事があるわけでもないから、当分帰郷は見合せにして、勉学を励んだらよかろうと云うような手紙であった。それを受取った吾郎は興奮して、一日町を歩きまわった。そうして、どうしても帰ってやろうかと思ったけれども、また考えて到頭やめてしまったのであった。

「叔母さんたちは卑怯だわ、大人のくせにかげでこそこそするなんて。吾郎さんが帰ってきていけないのなら、私の前ではっきりそう云えばいいじゃありませんか。……帰って来ない事を知ってて、それで一しょに待っているような顔をしてみせたりして、ずいぶんひどいわ」

叔母はじっと頭をたれてきいていたが、やがて、顔をあげると云った。

「それでもあの吾郎ちゃ坊の事だから、ひょっと帰ってくるかもしれないし、それに私も吾郎ちゃ坊に逢いたかったから、それであんたと一しょに待っていたのだえ」

叔母の眼には見る見る涙があふれてきた。悠紀子はその涙を見ると、もう何も言えなかった。

35

吾郎が帰って来ないときまった村に、ぽつねんと暮している気持はわびしかった。

ある夜、悠紀子は夢を見た。新座敷とは反対の方へ十畳と八畳と二間、病気の父のために建てなおした明るい部屋があったが、ちょうど、そのうしろに七畳半の納戸《なんど》のような暗いところがあり、悠紀子は祖母と一しょに其処《そこ》へ寝ていた。風のさわぐ晩で、みんなは御飯がすむとすぐ部屋へひきとり、今夜は早寝だという祖母の相手に、悠紀子も早くから床にはいったのであった。

うとうとしたと思うと、電報電報と門をたたく音が、風の音に交《まじ》って聞えるようである。あんなにたたいているのに、誰も起きないのかしらと、じれったい気がしている耳もとで、「悠紀ちゃん」ときき馴《な》れた美和子の声がした。

「悠紀ちゃん、私もう死ぬのよ。早く来てよ、早くしないともうまにあわないわ」

「姉さん、どこ？　どこにいるの？」

あわてて探すと、ふとそこにくらい井戸のようなものがあって、その中にぽっかりと一輪、大きな白菊の花が浮いているのが眼に見えた。そうしてその花のずいのまん中に、美和子の顔がにっこりと笑っている。

「姉さん待っててね、いますぐ行くわ」

悠紀子は井戸のふちへ手をかけて、遠い底をのぞきながら、そこへ降りてゆく手段を一心に考えた。——早くしないとまにあわない。

「待っててね、待っててね」

「六時三十分までよ。それ以上はもう待たれない。——ああ、もう駄目駄目。それじゃ悠紀ちゃん、さようなら。あなたの二十五の時にまた会うわ」

見る見るうちに白菊の花びらが、そこいら一面、雲がわくようにむくむくとわきあがって、その花びらの巨大な群《むれ》がおもむろに美和子の顔をおおいはじめた。だんだん、だんだん重なりあい、遠くなってゆく花びらの底から、まだかすかに、悠紀ちゃんさようなら、と呼ぶ姉の声がきこえるようだった。

「姉さん待って、……待って頂戴」

井戸わくにしがみついて、声をかぎりに呼んでいると、「悠紀ちゃ、悠紀ちゃ」と、祖母にゆり起された。それと同時に、今度はほんとうに激しく門をたたく音があった。

電報であった。美和子はやはり、その晩の六時三十分に死んだのである。

36

晴れた空に赤とんぼの群が飛ぶ日がつづいた。美和子の訃《ふ》をきいて以来、悠紀子は丘の上の墓所へ、毎日のようにのぼっていった。墓地へゆく路には淡紫《うすむらさき》のちいさな野菊の花が、ずうっと咲きつづいている。悠紀子はひそかに野菊の路と名づけて、少女らしい感傷に耽《ふけ》りながら、その細い草の路をゆきかえりした。

時々連れがあった。義介や吾郎の出発《たつ》ていった静かな家に、港の町の方から入れ代りに十二三の少年がやってきて、悠紀子を驚かせたのだった。そういう少年が小二郎の家の家族の一員となっている事を、悠紀子はまるで知らなかった。針金のように細い、背の高い少年だった。

「実ちゃん、さびしくない？」

悠紀子は、自分のあとからだまってついてくる少年に、そう云ってきいてみる事があった。少年は無言のまま首をふる。

「お家へ帰りたいとは思わない？」

「帰ったってしようがないもの」

実はやっと、重たい口をひらくのである。小二郎の姉の子供で、父親が長い病気のために、母の実家へあずけられているのであった。いつともなく悠紀子は、実の父が精神病らしいという事を知って、この無口な少年をいたわりたい気持になっていた。その気持が自然に伝わったのであろう。悠紀子がそとへ出れば実もあとから、それが当然のようについてくるのである。

「実ちゃんはえらいわねえ。……私なんかもう帰りたくってたまらないのよ。もうすぐ帰るつもりよ」

まったく悠紀子は、一日一日と小二郎の家にいるのが、居辛《いづら》くなってゆきつつあった。吾郎が帰って来ず、美和子も死んでしまったいまは、悠紀子がこの村にとどまっている必要は、もう何もない筈《はず》だった。だが誰も、もう帰ったらよかろうと云ってくれる人はない。父はいつまで自分をこの山峡の村へおいておくつもりであろうか。帰りたいと手紙を出したのは、もうだいぶ以前の事であるのに、まだ迎の者は来ないのである。

小二郎は変りなく優しかったし栄子は自分の身内で、何処に気がねのある筈もなかった。にもかかわらず、悠紀子はだんだんと、家の中に自分の居る場所がないような心地がして、自然にそとへ足が向いてしまうのだった。

ちいさな子供の多い小二郎の家では、まだ暮れきらぬうちに夕飯がすんだ。主人の小二郎だけが、カヤキ鍋を傍においてゆっくりと晩酌をたのしむのであったが、悠紀子はともするとその席からもそっとぬけ出して、川の方へ降りてゆく事があった。すると、知らぬうちにやっぱり実があとからついてくるのである。悠紀子が川岸にしゃがんで水の流れを見ていると、実もおなじようにしゃがんで、水の面《おもて》を見入っている。

「実ちゃん、さびしくない？」

悠紀子のきく言葉はきまっていた。

「ううん……」

と、実が首をふるのもきまっていた。

「お家へ帰りたいと思わない？」

「帰ったってしようがないもの」

おなじ問答をひと通りくり返したあとでは、お互にだまりこんでじっと水を見ている。流れの色は夕闇の中に、ほのかに白い。

ふと、珍しく実が口をきいた。

「姉さん。……姉さんはどうしても松前へ帰るの？」

「ええ。……あら、どうして実ちゃん」

「ほんとに帰ってしまうの？」

いつになく熱心な実の気配に圧《お》されて、今度は悠紀子の方がだまってしまった。帰るとはっきり答えれば、実が泣き出しそうな気がしたのだった。悠紀子はしばらく黙ったあとで、やっと云った。

「まだよくわからないのよ」

「ふん……」

と、実は安心したようにうなずいて、そのままいつものように黙りこんだ。そうして二人は、あたりがまったく暮れ切ってしまうまで、じっと川岸にならんで、何かささやくような水の音をきいている。

その翌日は日曜日であった。悠紀子は朝飯がすむとすぐ、此頃《このごろ》の日課の一つで、丘の上の墓所へのぼっていったが、家を出る時そのあたりに影の見えなかった実が、ひよっこり道ばたに佇《た》っていて、悠紀子をおどろかせた。

「実ちゃん、何をしているの」

その問いには答えず、実はいつもの通りだまって悠紀子のうしろから歩いてくる。振り返ると、小ぢんまりちいさな悠紀子の影と、細長い実の影と、くっきりと地面の上にあとをひいている。

「実ちゃん、ごらんなさい。……あんたの影はあんなに長いわ」

実は振り返って、「ふん、……」とかすかにほほえんだ。

二人ののぼってゆく墓所は、それほど高くもない丘であったが、それでも村の家々や、打ちつづく青田がひと眼に眺められて、そこは気の晴れる場所であった。稲はやや黄ばみかけて、萩《はぎ》の枝が地に俯《ふ》すように、重たげに穂を垂れている。鳴子《なるこ》の上にとまった雀が、自分の鳴らした音におどろいてぱっと飛びたつ。そういう景色は悠紀子には珍しかった。

悠紀子は紺地に紅い格子《こうし》縞《じま》の地味な袷《あわせ》を着て、紫のメリンスの前かけをしめていた。自分の家にいる時には一度もした事のないひなびた服装で、そんな田舎娘のなりをしている事が、何か変ってうれしい心地がする。さらさらと吹きわたる風が、紫メリンスの前かけのはしをひるがえすたび、何となく心がはずむのであった。

実は紺絣《こんがすり》の筒袖《つつそで》を、竹ずんどうのように着て、途中でちぎった草の葉を笛にして吹きながらついて来たが、丘の上に佇って風に吹かれている悠紀子のそばへ寄ってきて、肩をならべると、

「姉さん、ほんとにもう帰ってしまうの？」

と、昨夜とおなじような問いをもう一度新しく云い出した。

「ええ、それゃいずれは帰るわよ。自分の家なんですもの。……実ちゃんだって、冬休みがくれば、やっぱり自分の家へ帰るんでしょう」

「ふん……」

実は不承々々にうなずいて、じっと遠くの方を眺めている。そのさびしそうな表情を見ると、悠紀子は突然この、家があってもないような少年のために、冬休みがくるまで、退屈なこの村に居てやってもいいような気がするのであった。

37

暴風雨になりそうな晩であった。家族の者は夕飯のあと、みんな炉傍《ろばた》へあつまって、吹きつのる風の音を気にしながら、わざと元気に話をしていた。農家にとって九月の暴風雨は何よりの禁物だった。せっかく実った稲が倒れてしまいはせぬか、雨がひどくなって川の水があふれるような事はないか、……その大人たちの心配は子供の気持にも反映して、戸障子がガタガタと音をたてるたび、子供等は不安気に顔を見合って、はしゃいでいた口をつぐむ。

「そらっ、お化けが出たッ」

話しこみに来ていた近所の男が、そう云って脅《おど》かすと、子供たちが一せいに、わっと飛びあがった。

「何処に、何処に……」

「そらそら、お前の背中におぶさってるでねエか」

長男の要は、そう云われると、きゃっと叫んで母親の膝にしがみついた。

「坂田さん、あんまり子供を脅かさないでおくれ。虫でもでたらどうすっぺ」

栄子はふだんから迫っている眉を一そうしかめて、露骨に不機嫌を示しながら、子供の背中をなでてやった。

「ほ、姉さん、西施《せいし》のひそみというところだナ。美しい人は怒ってもやっぱり美しいもんだナ。これで気前さえよければ、申分のない姉さんだがナ」

お客はもてなしの銚子《ちょうし》をすでに二本ばかり炉ぶちにならべて、よい機嫌になっているらしかった。

「だがよ、いくら西施でも年には勝てないものだって。松前の姉さんがこの村に落着いたら、今度は松前の方が第一だナ。あっはっはっはっ」

栄子はそれにはもう取合わないで、

「ささ、子供等はもう寝るべし」

と、膝の上から要を起すと、女中を呼んで寝間の方へ連れてゆかせた。

「お休みなさい」

「お休みなさい」

子供たちは順々に挨拶をして寝間へ駈《か》けてゆく。

「実。お前ももう寝なさい」

小二郎に云われて、実はやっとのっそり起《た》ちあがった。口の中で何かぼそぼそと云って、祖母の部屋の方へゆく実のうしろ姿を見送っていると、あんまりひょろひょろしているせいか、妙にかげがうすいようで、悠紀子は胸がつまった。

炉にはほそい薪がくべられ、チロチロとやわらかな炎をたてて燃えていた。風の音が激しくなればなる程、炉の火はひっそりと静かな感じである。完全に酔ってしまった坂田は、しきりに空のお銚子をふって、

「姉さん、姉さん、もう一本ふんぱつしてけれっちゃ」

と云っているが、栄子は横を向いたままで、

「坂田さんもあんまり酔わないうちに、早く家へ帰って寝た方がいいよ」

「ふん。けちな姉さんだなア。これだけ大きな野村の身代《しんだい》で、酒の一本や二本惜しんで何になる」

「酒を惜しんでるでないよ。あんたが酔わなければ、いくらでものませるがねえ」

「おもしれェ。こう見えても坂田の金時ならぬ善助、一本や二本の寝酒に酔ってたまるけェ。——おーい、酒つけてこい。飲んで見せるぞゥ」

お客の坂田が勢いこんで女中を呼びたてた時だった。突然ジャンと思いがけない鐘の響が、通り魔のように耳をかすめた。

「……?」

はっとみんなは一時に白けた顔を見合せた。と、つづいてジャンジャンジャンと鳴り出した。まぎれもない半鐘《はんしょう》だった。

「水だべか」

坂田は急に酔のさめた顔で、もう浮き腰になっている。

「いや、そんなに雨は降らなかった筈《はず》だがナ……」

小二郎はつきあいの盃《さかづき》を下へおいて、

「ひょっと火事かナ」

と呟《つぶや》いた。

「ええ、ま、どうすべ。こんな風の晩に火事出したりして、……」

あわただしく栄子の起ちあがるのと同時に、閉《とざ》した表戸を強くたたいて、

「火事ですよォ……」

と知らせた者があった。

「何処だッ？」

と、坂田も帯をひきしめて起ちあがりながら呶鳴《どな》った。

「分家の明石さんです。早く来て下さい」

「よしッ。いま行くぞ！」

坂田は表のくぐり戸から、犬のように素早く駈け出していた。小二郎は新座敷の方へ走った。バタバタと栄子がそのあとを追った。

「悠紀ちゃん、提灯《ちようちん》に灯《ひ》をいれて下さい」

走りながら小二郎の云った言葉を耳にとめて、悠紀子は台所へはしってゆくと、棚の上から提灯をおろして、それを茶の間の方まで持ってきた。——ろうそくはちゃんとはいっている。

悠紀子は一時に人が去って、しんとなった炉ばたにただ一人坐ってつけ木を炉の火にかざしていた。わくわくと手がふるえて、どうしてもうまく火がうつらない。

そのうちにもう支度のできた小二郎は、新座敷から表の部屋の方へまわって、

「おい、提灯、提灯」

と呼んでいる。悠紀子はやっとその時、うまく火のついた提灯を、袖でかこうよう

にして、表の方へ駈け出した。と、出会《であい》がしらに栄子とあやうくぶつかりかけ、

「何ぐずぐずしてんだろ。提灯早くよこしなさいッ」

栄子は手荒く悠紀子の手から提灯をもぎとって、そのままバタバタと振りながら、夫のそばへ持っていった。せっかくの火のついた提灯は振りまわされたはずみに、またぽっと消えてしまった。

「何してんだッ、火のついてない提灯が何の役にたつ！」

小二郎が栄子を叱る声がする。

「だって悠紀ちゃんが、ぐずぐずしてよこさないんですもの」

「悠紀ちゃんができなけれゃ、お前がつければいいじゃないか。……」

悠紀子は炉のはたに起ちどまったまま、急にううっと涙がこみあげてきて、袖で顔をおおった。――あんまりだ、小母さんもあんまりだ、私がやっとつけた提灯を、小母さんが自分で振りまわして消したんじゃないの、それを私のせいにするなんて、……

何ぐずぐずしてんだろと、激しい勢で栄子に提灯をもぎとられた時の口惜しさが、煮えるように胸にたぎった。悠紀子は生れてからまだ一度も、人からそういう荒い言

葉をかけられ、荒い扱いを受けた事がなかった。咄嗟《とつさ》の事で、ただ呆気《あつけ》に取られていたが、あれはまるで女中に云うような言葉じゃないかと、悠紀子はまた新しく口惜しさがこみあげてきた。

「松前の姉さんす、お察ししてますだよ」

いつのまにか、そっと女中の一人がそばへ寄ってきて、悠紀子の肩を抱くようにしてささやいているのだった。

「さぞ辛かんべェ。よく辛抱なさるとみんなで噂さしてますだよ」

悠紀子は慰められるとなお一そう悲しさがこみあげてきて、新しい涙がわきだすのであったが、女中の言葉には何か腑《ふ》におちないものがあった。自分がいま泣いているのは、たったいま、せっかく苦心してつけた提灯をもぎとられた事の口惜しさだけであるのに、女中の言葉のかげには、ふだんから自分がいじめられてでもいるようで、そうしてみんなが自分に同情してくれているようだった。——では此頃《このごろ》、自分がこの家に何となく居づらいような心地がしていたのは、そのせいであったのだろうか。栄子が自分の滞在を嫌がっている事に、自分はうっかり気がつかないでいたのだろうか。栄はっとあたまにひらめくと、悠紀子はもうこんな家に、一刻もいるものかと、火事に出るような様子をし、裏口から駈け出した。そうして風の中を三町ほど先きの叔母の家へ、一散に走って行った。

「悠紀ちゃ、や、どうしたってかえ」

めったにない火事に脅《おび》え切っていた叔母は、髪をぼうぼうにして飛びこんできた悠紀子を見ると、ふたたび肝《きも》をつぶした。悠紀子はその叔母の胸に取りすがると、わっと声をたてて泣いた。

38

大風の夜から一週間すぎて、村にはまた秋晴れの美しい日和《ひより》がつづいた。あの晩、悠紀子はかっとのぼせたあまり、叔母の家へ飛んで行ってしまったが、それがどれ程大きな影響をあたりに及ぼすか、世間知らずの悠紀子には、まったく考えつかなかった。——あの翌日から栄子はおなじ村の内の親類にあずけられて、どうやら離縁されるらしいという噂である。悠紀子は自分の一途な行動が、そんな重大な結果を惹き起したのかと思うと、居てもたってもいられなかった。と云って再び小二郎の家へ行く事は、どうしても自尊心がゆるさなかった。

「ねえ、栄子さん返されてしまうってほんとなの？」

炉に大きな鍋をかけて、片肌ぬぎで暑そうにしながら何か煮ている叔母のそばへ行って、悠紀子はきいてみた。

「ねえ。ほんとう？」

叔母は返事をそらして、

「ほらほら悠紀ちゃ、見てごらん。いい色になってきたから」

鍋の中から蜂蜜のような、ねっとりと甘い匂いがたちのぼって、のぞきこむと何か紫色のこっくりとした塊が、ぐつぐつ煮えている。

「なあに、これ、叔母さん」

十七と云っても、何処かぽかんとしている悠紀子は、すぐ釣りこまれてしまうのだった。

「悠紀ちゃんがよろこぶだろうと思って、いま叔母さんが無花果《いちじく》の砂糖煮をこしらえているところだえ」

無花果！　そんなものはまだ悠紀子はたべた事がなかった。

「それおいしいの、叔母さん」

「おいしいのおいしくないのって、頬っぺたがいくつあっても足りないようなもんだえ」

「そう……」

パタン、パタンと表の間でお嫁さんの機《はた》を織っている音がきこえる。悠紀子はまた思い出した。

「叔母さん。もしほんとに栄子さんが返されるような話だったら、叔母さんが行ってあやまってあげて頂戴ね。私の事が原因でそんな大へんな事になるのはいやだわ。私の事なんて何でもないんですもの。あの時はみんなが気がたっていたんですもの。私がもうすこし我慢すればよかったんだけど……」

「悠紀ちゃ。あんたはまだ子供だからわからないのだえ。ま、ま、そんな心配は大人にまかせておきなさい」

「まさか叔母さん、叔母さんが返せって云ったんじゃないでしょうね」

叔母は瞬間、眼も鼻も眉も一しょくたによせたような、くしゃくしゃとした表情をした。あの晩、悠紀子から話をきいた叔母は、翌朝血相をかえて小二郎の家へ「談判」に出掛けたのであった。だがしばらく経って、叔母は何となく悄気《しょげ》た様子で帰ってきた。叔母は栄子を離縁しろという条件を小二郎から持ち出されたのかもしれなかった。あるいは義介を悠紀子の家へやらないというような話であったのかもしれない。悠紀子はくしゃくしゃとした叔母の表情を見ると、うそのつけない叔母にこの上つっかかるのは気の毒な気がして、話をおだやかな方へ持っていった。

「それで栄子さんは、山本さんへあずけられて、毎日何をしているんでしょう」

「裁縫をしているという話だえ。あの女もひどく後悔して、おとなしくしているという話だけれど、どうしてどうして妲妃《だっき》だもの。いつしっぽを出すかわからないえ」

「だっきって？」

「狐《きつね》の化けた女だえ。顔はきれいでも心はおそろしい」

叔母は栄子のやきもちはいまにはじまった事ではない、前にも親類のきれいな娘をあずかっていて、御飯をたべながら小二郎がその娘の方を見たといって、いきなり起《た》っていってその娘の頬を打った。それで騒動の起きた事があったと話すのだったが、

悠紀子は秋晴れの明るい障子のかげに坐って一日じゅう縫いものをしている栄子の姿をおもうと、画のように美しい心地だし、殊《こと》にその人が離縁されるかされないか、将

来の不安を胸につつんで、そうやっているのだと思うとなおさら美しく感じられてくるのだった。——ちいさい子供たちにもさぞ会いたい事であろう。子供もまた母を慕《した》って泣いているかもしれない。あの時、自分がもうちょっと我慢をすればよかったのにと、悠紀子はつくづく自分の軽率さが、後悔されてくるのである。

39

どんな曲折があったのかわからないが、とにかく栄子は詫びがかなって、再び家へ帰ってきたときいて、悠紀子はかげながら吻《ほっ》と胸をなでおろした。だが、それにつけても「嫁」というものの儚《はかな》い地位がしみじみと胸に応えて、悠紀子はうらがなしい気持であった。三人も五人も子供があって、最早《もはや》一家の中心の主婦でありながら、舅《しゅうと》姑《しゅうとめ》があればいつなんどき些細《ささい》の過失を口実に追い返されないともかぎらない。うるさい親類やら、口やかましい小姑《こじゅうと》やら……。悠紀子は身にしみて、決して自分はお嫁にゆくまいと覚悟した。

栄子の復帰と同時に、札幌からも悠紀子を迎えの人がきた。いつかの美和子の手紙に、定之助も毎晩とまりに来てくれてるのよとあったその定之助という人で、やはりこの村から悠紀子の父を頼って、北海道へ出て行った人であった。何年ぶりかで村へ帰ってきた彼は、村の人たちと久闊《きゅうかつ》を叙するにいそがしく、一日も一時間も長く村にとどまっていたいらしかった。そこへつけこんで悠紀子は自分一人だけ朝早く出発し、途中で吾郎にあって半日を過して、青森の駅で定之助と落合う約束をした。誰も最早、吾郎に会ってゆくことをとがめなかった。

いよいよ出発の前の日に、悠紀子は久々で小二郎の家の敷居をまたいだ。

新座敷の次ぎの部屋で、栄子は一ばん下の子供に乳房をふくませていた。

「小母《おば》さん、長々おせわさまになりました」

悠紀子が手をついて挨拶すると、栄子も白い胸をいそいでかきあわせながら、子供を女中にわたして、

「まアま、ほんとに何もおかまいできなくって。こんな山の中ですけれど、忘れずにまた来て下さいよね」

と、栄子はおだやかな笑顔で、ほんとうに名残り惜しそうに云うのだった。

「私もね悠紀ちゃん、札幌で暮した頃が一ばん楽しかったですよ。お母さんにはほん

とにいろいろ世話になって。今度はさぞお母さんもがっかりしておいででしょうね。くれぐれもよろしく云って下さいね」

「ええ、ありがとう。あの、小母さんもまたどうぞ札幌へいらして下さい」

「行かれたらね。ぜひもう一度行ってみたいと思ってるんですよ」

そんな話をする栄子の顔にも、いつかの風の晩のような険しさは、みじんも探し出せなかった。ゆったりと落着いた、やさしそうな奥様ぶりだった。悠紀子は何がなし、まあよかったというような気持であったが、おなじ一人の人が、こんなに優しい時もあり、あんなに険しい時もあるというのが、なぜかふしぎでならなかった。

翌朝早く、悠紀子はただ一人川舟で、この山峡の村を出かけた。そうして二つ井という駅から汽車に乗り、大館《おおだて》へ着いたのはちょうどおひるであった。駅には約束どおり、吾郎が中学生の制服制帽で迎に来ていた。たったひと月会わないうちに、吾郎は背が一寸ものびたように大きく見えた。

「吾郎さん、大人になったように見えるわ」

「何だってこんなに遅く来るんだ。僕はすっかり腹がへってしまった」

吾郎はぷうっと頬をふくらまして、苛々《いらいら》と怒っている。相変らず怒りっぽい人だと、悠紀子は胸が熱くなるような気持だった。たったひと月会わない事が、もう十年もの長いあいだ、会わなかったように胸がせまった。

「遅い遅いって、これでも朝まだ暗いうちに起きて、一ばん最初の汽車に乗ってきたんじゃないの」

「僕は朝の七時から此処《ここ》へ来て待っていたんだよ」

「まあ！　そいじゃ学校はどうしたの」

「学校へなんか行ってられますかって！」

停車場の待合室の、かたいベンチにならんで腰かけて、二人は十分ばかり話していた。

「待つって、とても時間の長いもんだなあ！」

素朴な田舎の停車場で、二等も三等も区別がなかった。改札口の上のところに、丸形の大きな時計が一つかかっている。朝の七時から十二時まで、五時間もの長いあいだ、その時計を見つめていたであろう吾郎の姿を思うと、悠紀子は涙があふれて来そうであった。

「ここで、この待合室でばかり待っていたの」

「そうだよ。此処をただ出たりはいったりして、……どんなにまだ時間があると思っても、どうしても遠くへ行ってられないんだ。本を持って来たんだけれど、どうしてもそれを読めない」

聞きながら悠紀子は、あの九月の第一土曜日の、彼が約束通りに村へ帰って来ない日の事を思った。あの時の自分の待ちわびた切なさを、今日は彼が知ってくれたのだ。――だがもう何にも思うまい。二人はこうしてちゃんと会う事ができたのではないか。

「これからどうするの。何処へゆくの?」

「僕の下宿へ来て下さい。二階が二間きりなくて静かなんです」

「でも、そのひと間の方にお友だちがいるのでしょう」

「大丈夫。姉さんの事はよく話しておいてあるから。……それにね、そいつは僕の子分なんですよ。まあ僕の子分にも会ってやって下さい」

二台の俥《くるま》をつらねて、悠紀子は吾郎の下宿している家へ行った。――隣の部屋から目《め》鼻立《はなだち》のくっきりした可愛らしい少年が出てきて、はにかみながら悠紀子におじぎをした。

「子分子分て、ちっともあんたよりちいさかないじゃないの」

その少年の立ち去ったあとで、悠紀子は低声で吾郎をたしなめた。

「そうですよ。あいつは僕とおなじ年でおなじ級なんですよ。でもやっぱり子分なんですよ」

「威張ってるのねえ」

ちいさな部屋で、質素な机と本箱がおいてあるっきりほかには何のかざりもない。悠紀子は初めて見る中学生の部屋が珍しくて、何か印象にのこるものをさがすように、そちこちを見廻したが何にもなかった。

「吾郎さん、此処で毎日勉強してるのねえ」

「小説を読んだり、姉さんの事を考えたり、いろいろしている」

「私も毎日、吾郎さんの事ばかり考えていたわ」

わくわくする程話がたまっている筈《はず》なのに、悠紀子は何かぼんやりして、まるでうしろから時間に追いたてられるように、かえって口がきけなかった。発車間際の汽車の窓と、プラットホームに、ただ顔を見合って、発車のベルの音ばかりを待っているような心地である。——長いような短いような半日が、いつか暮れかけた。

二人はその部屋で、下宿のちいさなお膳に向って晩御飯をたべた。それから来た時とおなじようにまた二台のくるまをつらねて、ガラガラと停車場へ駆けていった。停車場のプラットホームには砂利《じゃり》がしいてあった。その砂利の一つ一つが、うす白く見分けられるような夕闇であった。

汽車が動き出すと、砂利の下に佇《た》っていた吾郎は、高々と手をさしあげて、その姿勢のまま、いつまでもじっと見送っていた。汽車の窓についいて走っては来なかった。

「さようなら」

弟は白き手をあげぬ
わが振るきぬは紅なりき

悠紀子は、汽車の窓にひらひらと振っていたその紅い絹ハンケチを、たもとへおさめると、ふところの手帳を出して即興を書きつけて見た。歌というものをつくった事がないので、見当がつきにくかったが、夢二《ゆめじ》画集の中の、歌とも詩とも区別しにくいような形式をまねて、書いてみたのだった。

夜汽車の窓に、ハッキリと自分の顔がうつる程、戸外の闇が濃くなっていった。大《おお》鰐《わに》という駅から、田舎には思いがけない美しい人が乗って、悠紀子はたちまちその人の動作に心をとられはじめた。……吾郎と二人きりの部屋で半日も話をしていた事が、ほんとうにあった事と思われない程遠い心地がする。一体《いったい》二人で、どんな話をしたのかしら。

思い出そうとつとめても、散漫でとりとめがない。――美人は大きな丸髷《まるまげ》に結っているけれど、ものごしがどうも芸者のように感じられた。吾郎は芸者の美しさはまだ自分にはわからないと云った。

「……今度会う時は、姉さんはもう結婚して、ほんとうに僕の姉さんになっているんだろうな」

不意に吾郎の、そう云った言葉が思い出された。不意に涙があふれて来た。

「あたし、決して結婚なんかしないわ。決して結婚しないわ」

悠紀子は汽車の窓の自分の顔に、かたく誓うように呟《つぶ》やいた。吾郎のために結婚すまいと考えたのではなかった。彼女はただ何となく、自分は一生一人でいようと思ったのである。

解説　空を見上げ続けた少女・森田たま

堀越英美

本書は、昭和一五年（一九四〇年）七月に実業之日本社より上梓《じょうし》された森田たまの半自伝的長編小説『石狩少女《おとめ》』の復刊である。

長きにわたって入手しづらい状況が続いていたにもかかわらず、同作は伝説的な少女小説として古本好きの間で語り継がれていた。筆者がその存在を知ったのは、オンライン古書店「海月《くらげ》書林」が牽引《けんいん》した二〇〇〇年代初頭の女性向け古本ブームで、女性随筆家の先駆け的存在として森田たまが紹介されていたのがきっかけである。なかでも魅了されたのが、良妻賢母教育に抗う硬派な明治の文学少女を描いた本作だった。周囲の誤解にあっても「誰からも離れて、たった一本、山の頂きに咲いている桜の花のような女になろう」と自らを鼓舞《こぶ》する女学生の姿に、心を射抜かれてしまったのだ。

明治時代を舞台とするこの小説を現代の読者に届けるにあたり、ヒロインの悠紀子が文学書を読んでいるだけでなぜ不良だの堕落だの言われるのか、女学生の恋文が新聞沙《ざ》汰《た》になるのは一体どういうわけなのか、補足をする必要があるかもしれない。時代背景について、森田たまの生い立ちに合わせて解説しよう。

森田たまは明治二七年（一八九四年）一二月、北海道札幌市で運送業を営む裕福な家庭に、三姉妹の真ん中として生まれる。リベラルな父に可愛がられたたまは、北海道の大自然の中で男児に混じって木登りやいかだ乗りを楽しむ勇壮な少女に育った。

これからは女も男と肩を並べて同等の仕事をしなくてはならぬというのが、父の持論だった。父は夏休みのたびに子どもたちや近所の若い男女を林檎園《りんご》のピクニックに連れて行き、大きな林檎の樹の下で「ボーイズ・ビー・アンビシャス！」と彼らを鼓舞した。「ボーイズ」にはもちろん、たまも含まれていた。家庭の事情で学問の道を諦めた父は、幼くして新聞小説を読む早熟なたまに期待をかけていたのである。一方、行儀作法にうるさい母は従順な姉を贔屓《ひいき》し、たまとは折り合いが悪かったようである。

小学校に入学したたまは、巖谷小波《いわやさざなみ》の世界お伽噺《とぎばなし》全集を愛読し、遠い外国に思いを馳せた。その後、日露戦争によって海外雄飛の夢をかきたてられた少年少女の間で大流行していた冒険小説家・押川春浪《おしかわしゅんろう》の『海島冒険奇譚《かいとうぼうけんきたん》 海底軍艦』に夢中になった。児童向け読み物に出てくる女性といえば従順な娘ばかりだった時代に、押川春浪の冒険小説では女性も海を渡って大冒険を繰り広げるのだ。雄々しいヒロインたちに憧れたたまは、自分も軍艦に乗って宝島を発見し、国に献上したいという夢を抱くようになった。夜ごと裏庭の桜の大樹の下にたたずんで幽霊の恐怖に耐える修行をし、創作航海日誌をつけはじめた。

その頃のたまは玄関脇の小部屋を読書用の個室として使い、そこで格子《こうし》越しに少年たちと書物の貸し借りをしていた。ある日同い年の貧しい少年から、社会主義者・幸徳秋《こうとくしゅ》水《うすい》の本を熱心に薦められた。小学生の自分には難しいと思いつつ、母や姉にとがめられないように野外で読みふける。貧民の窮状を訴え、軍国主義をなじる激しい言葉の数々に圧倒されたたまは、家に帰るや航海日誌を破り捨て、武者修行をやめた。

明治四〇年、庁立札幌高等女学校に入学する。北海道唯一の公立女学校で、全道の優等生がこぞって受験し、現役で受かるのはわずかという狭き門だった。この学校で出会った教頭の英語教師・土井壮良《そうりよう》が、たまの人生を大きく変えることになる。土井は向学心あふれるたまに、あなたは小さな町で平凡に結婚して人妻として一生を終わるべき人じゃない、小説家になれると励ました。父のために学問で名を上げなくてはいけないと漠然と思っていた少女に、土井は作家という道を示したのだった。

旧制一高のエリート学生・藤村操《みさお》の自殺に影響を受けた文学青年の「煩悶《はんもん》」が、大きな社会問題となっていた時期である。明治の二大規範である立身出世主義と良妻賢母主義に疑いを抱くようになった若者たちは文学に救いを求め、文学は秩序を乱す不道徳なものとして扱われた。本作の吉田けい子のように小説の恋愛にかぶれて男性と交際する女学生は、「堕落女学生」としてジャーナリズムの格好の餌食になった。明治の家制度のもとでは結婚の決定権は家長にあり、自由恋愛はご法度だったのである。進歩的な父ですらたまに嫁の苦労をさせまいと、親類から婿養子《むこようし》を取ることを親同士で取り決めている。明治三二年の高等女学校令公布で女子に中等教育の道が開かれたとはいえ、良妻賢母育成を旨とする女学校では小説読書に厳しい眼が注がれていた。そんな時代に文学の道を勧める土井は、父親以上の理解者として映ったはずだ。

森鷗外が訳した「即興詩人」（アンデルセン）を読んで南欧の空を夢見ていた少女は、やがて国木田独歩の死に泣く内省的な文学少女となる。二年生に進級した頃から、少女雑誌への投稿を始めた。少女雑誌の投稿欄は少女の数少ない自己表現の場であり、文章修行の場でもあった。特に『少女世界』の若き主筆である沼田笠峰《りゅうほう》は少女の文才に期待をかけ、投稿欄で熱心に指導した。たまも沼田に目をかけられた優秀な投稿者の一人で、一五歳の頃に投稿した短文が投稿欄でなく本文に掲載されたと、随筆「椿」（『ぎゐん随筆』）で記している。このときは沼田本人から、東京に出て勉強する気はないかと手紙が来たという。同じ学校に通う幼なじみの素木《しらき》しづも投稿者だったことから、たまとしづは交友を深める。

当時の少女雑誌では少女同士の交流が推奨されており、投稿者の住所も掲載されていた。そのため、女性名を名乗る男性が投稿者に手紙を送って交際を迫るトラブルが時折起きていた。二人も事件に巻き込まれそうになったが、土井の介入もあって何事もなく終わる。この件をきっかけに、二人は互いの家を行き来するほどの仲になった。

三年時に大病に倒れたたまは学校をやめ、しづとも疎遠になった。病が癒《い》えたころ、許嫁《いいなずけ》の実家に二カ月ほど滞在した。一家とのちょっとした行き違いで横になって泣いていたたまを心配して、帰省中だった許嫁の弟が「姉さん風邪ひくといけないよ」と布団をかけた。同世代の二人はすぐに打ち解け、一日中しゃべり続けても時間が足りないほど意気投合する。だが許嫁の手前、周囲に引き離されてしまう。さみしさに沈んでいるうちに、姉が病で亡くなる。裁縫と料理が得意な姉は母にとって理想の娘だったから、母は大いに取り乱した。「いい子は死んで、わるい子はあとに残る。どうしてたまちゃんと姉さんとかわらなかったのだろう」。たまは家を出る決意を固めた。

明治四四年九月、たまは一六歳で許嫁と結婚して上京する。結婚は一年足らずで破綻《はたん》するが、『少女世界』主筆の沼田笠峰の家庭に出入りするようになった。沼田は自宅を月に一回、少女たちの文学サロンとして開放していたのである。その沼田から、しづさんが会いたがっているからお見舞いに行くように言われ、たまは驚く。しづもまた上京し、沼田と親しくしていたのだった。しづは病気で右足を切断していた。

東京の『少女世界』愛読者が集まる少女読書会の会員となったたまは、少女雑誌に小説を発表したり、投稿者が作る同人誌に寄稿したりと、少女雑誌コミュニティの交流を楽しんだ。大正二年三月、少女読書会の喜劇で主役を演じたたまに、女優の誘いがかかる。一カ月ほど悩んだ末、やはり文筆の道しかないと決断し、漱石門下の森田草平《そうへい》に師事して文学修行を始めた。しづも数日遅れて森田草平の門下に入る。

同年、村岡たま名義で短編「片瀬まで」を『新世紀』九月号に発表する。ところが文壇に評価されたのは、しづが発表した「松葉杖をつく女」だった。友人の才能に圧倒されて書けなくなったたまを、草平は叱咤《しった》した。「おたまさんは人を愛さないからだよ」。宇宙だの人生だの大それたことばかり考えずに人を愛せという言葉を、たまは拒絶する。自殺を図り、自暴自棄な生活を送っていた頃、慶應義塾理財科の学生だった森田七郎に出会う。文学青年たちから美人ともてはやされ、過大な幻想や期待を寄せられることに疲れきっていたたまは、たまの生活を心配する森田七郎の率直な苦言に、心の城壁がほろほろと崩れるのを感じた。元夫の弟によく似た優しい性格の彼を好きになって初めて、一日中話し続けていたかった昔日《せきじつ》の思いが恋だったと気づいた。

大正五年、周囲の反対を押し切って森田七郎と結婚。筆を断ち、二児の母となる。昭和七年、夫の事業が失敗し、苦しい家計の足しにするつもりで書いた短い随筆を森田草平に託す。同年、随筆「着物・好色」が『中央公論』一〇月号に掲載される。女の着物趣味を男の好色になぞらえる斬新な視点が好評を得て、たまは再び上京。内田百閒《ひゃっけん》ら名だたる文人たちと交流を深めるかたわら、食べるものにも事欠く苦しい生活のなかで、筆執筆に力を入れた。昭和一一年、『もめん随筆』刊行。同書がベストセラーと随筆家としての地位を確立する。戦後は参議院議員を務め、国語問題に尽力した。

著者の随筆を読めばわかるように、本作は著者自身の少女時代を色濃く反映している。しかしたまの半生に重要な役割を果たしたと思われる素木しづは、男の手紙に白井千鶴子という名で登場するのみだ。悠紀子以外の女性は概ね抑圧された気の毒な存在として描かれ、男性たちに比べると生彩に欠けるのは否めない。

たまは随筆「うつり気」(『続もめん随筆』所収)で「女はたれもかれも、鑄型《いがた》のなかへはめられて、しやぼん玉を吹くやうなのんびりした心の遊び」を失ってしまうと嘆いている。父譲りの「自由平等主義」(『もめん随筆』)を掲げる彼女は、良妻賢母の鑄型にはめられた女の哀しさを強調することで、女ものびやかに生きていいのだと伝えたかったのかもしれない。

たまは昭和四五年に七五歳で亡くなるが、六〇代になっても宇宙開発に胸をときめかせ、好奇心は止むことがなかった。自ら求めて日本のロケット開発の父・糸川英夫博士と親しくし、UFO目撃談を博士に何度も聞かせたという。シャボン玉を飛ばして空を見上げる娘心を、たまは終生失うことはなかった。封建的な時代にそんな女性がいたということが、たのもしく思えるのである。

ちくま文庫

石狩少女《いしかりおとめ》

二〇二四年一月十日　第一刷発行

著　者　森田たま（もりた・たま）

発行者　喜入冬子

発行所　株式会社　筑摩書房
東京都台東区蔵前二―五―三　〒一一一―八七五五
電話番号　〇三―五六八七―二六〇一（代表）

装幀者　安野光雅

印刷所　明和印刷株式会社

製本所　株式会社積信堂

ISBN978-4-480-43931-4　C0193